Anonymer Verfasser

Die Erbschaft oder der junge Geizige

Mannheimer Schaubühne

Anonymer Verfasser

Die Erbschaft oder der junge Geizige
Mannheimer Schaubühne

ISBN/EAN: 9783743478428

Hergestellt in Europa, USA, Kanada, Australien, Japan

Cover: Foto ©Andreas Hilbeck / pixelio.de

Weitere Bücher finden Sie auf **www.hansebooks.com**

Mannheimer Schaubühne

Personen. *)

Schmidt, Commissionsrath.
Madame Schmidt, dessen zweyte Frau.
Karl Schmidt, Canzleyrath, Sohn des Commissionsraths.
Sophie, dessen Frau.
Johann Lindner, Fähndrich, Sohn der Commissionsräthin.
Dunst, Licentiat, und Lindners Sachwalter.
Winkler, Freund des Canzleyraths.
Walch, ein Notar.
Lieschen, Bediente der Commissionsräthin.
Johann, Bedienter des Fähndrichs.
Zacharias, Schreiber des Licentiaten.
Ein Kaufmannsdiener.
Wilhelm, Bedienter des Commissionsraths.
Ein Bothe.
Ein Unterofficier.
Wache.

Die Scene ist in Altona.

---

*) Dieses Stück ward vor dem Drucke hier noch nicht aufgeführt.

Erster Aufzug.

(Ein Saal.)

Erster Auftritt.

Lieschen. (in Trauer.)

(Spricht noch in der Scene) Der Herr Fähndrich ist noch bey der Revüe und die Frau Fähndrichin hat das Fieber — sie kömmt schon seit vier Tagen nicht aus dem Bette. (im Herausgehen) So bald der Herr Fähndrich zurückkömmt, wollen wirs wissen lassen — Ist das nicht ein Spektakel um den Herrn Fähndrich! — Nu — schon wieder?

Zweyter Auftritt.

Zacharias. Cleschen.

Cleschen. Sieh da Monsieur Zacharias! Was bringen sie Gutes?

Zacharias. Der Herr Licentiat, und die Frau Licentiatin laſſen ſich dem Herrn Commiſſionsrath, und der Frau Commiſſionsräthin einen guten Morgen wünſchen, und wenn der Herr Commiſſionsrath, und die Frau Commiſſionsräthin wohl geruhet hätten, ſo würde es dem Herrn Licentiat, und der Frau Licentiatin ſehr angenehm ſeyn, und der Herr Licentiat, und die Frau Licentiatin lieſſen ſich doch bey dem Herrn Commiſſionsrath und der Frau Commiſſionsräthin erkundigen, wenn der Herr Commiſſionsrath und die Frau Commiſſionsräthin ihren Herrn Sohn den Herrn Fähndrich aus Rendsburg zurück erwarteten?

Cleschen. Mein lieber Monsieur Zacharias! machen ſie dem Herrn Licentiaten, und der Frau Licentiatin nur wieder eine Empfehlung. Der Herr Commiſſionsrath wäre ſchon aus-

ausgegangen, und die Frau Commissionsräthin wäre noch nicht aufgestanden; ich könnte also nicht wissen, ob der Herr Commissionsrath und die Frau Commissionsräthin wohl geruhet hätten; was aber den Herrn Fähndrich anbeträfe, so erwarten der Herr Commissionsrath und die Frau Commissionsräthin ihn noch heute Vormittag aus Rendsburg zurück; der Herr Commissionsrath und die Frau Commissionsräthin würden denn hoffentlich nicht ermangeln, dem Herrn Licentiat und der Frau Licentiatin von des Herrn Fähndrichs glücklicher Ankunft schuldige Nachricht ertheilen zu lassen.

Zacharias. Ganz wohl! (geht, kömmt aber wieder zurück) Um Vergebung Mademoiselle! könnten sie mir nicht ohnmaßgeblich sagen — um welche Uhr?

Lieschen. Nicht eigentlich Monsieur Zacharias. Wollten sie sich aber ohnmaßgeblich in einer Stunde wieder herbegeben; so können sie es vielleicht von dem Herrn Commissionsrath, der bis dahin vermuthlich wieder nach Hause gekommen seyn wird, oder auch von der Frau Commissionsräthin, die alsdann hoffentlich aufgestanden seyn wird — auf die Minute erfahren.

Zacharias. Ganz wohl.

Lieschen. Still! — die Trommel — das Regiment ist vermuthlich im Einmarsch — Richtig! — Da sind der Herr Fähndrich nicht weit — Es kömmt jemand — Sehen sie, sein Bedienter! der wird ihnen die sicherste Nachricht ertheilen können.

Dritter Auftritt.

Johann. (in Stiefel und Sporen, einen Mantelsack tragend.) **Vorige.**

Johann. Der Henker hol dieß Leben! Muß man sich nicht abschinden wie ein Karrngaul! (den Mantelsack hinwerfend) Sieh da, Lieschen! Guten Morgen!

Lieschen. Willkommen Johann! wo ist dein Herr?

Johann. Mit der Kompagnie vor des Hauptmanns Quartier. Ah ha! Monsieur Zacharias! auch hier? Gut, daß sie da sind! Mein

Mein Herr läßt ihren Herrn bitten, sogleich zu ihm zu kommen.

Zacharias. Ganz wohl! Ich war eben hier, mich nach des Herrn Fähndrichs Zurückkunft zu erkundigen, weil der Herr Licentiat ihn ebenfalls nothwendig zu sprechen wünschen.

Johann. Vermuthlich der Erbschaft wegen! Lassen sie ihn nur kommen. Keine halbe Stunde, so ist mein Herr sprechbar.

Zacharias. Ganz wohl! (geht ab.)

Vierter Auftritt.

Lieschen. Johann.

Lieschen. Nun! ist die Musterung gut abgelaufen?

Johann. Für uns — erbärmlich! wenn die Frau Mama für Dero Herrn Sohn den Abschied noch nicht bezahlt haben, so können sie das Geld sparen.

Lieschen. Wie so?

Johann. Er kriegt ihn umsonst.

Lieschen. Umsonst?

Johann. (mit nachgeahmter Würde) Herr General! mit ihrem Regimente und dem Exercice bin ich zufrieden — sagte der Prinz — aber der junge Prückenstock, mit den holen blitzenden Augen da — hat seinen Abschied.

Cleschen. Der Fähndrich?

Johann. Ja freylich! Der General hat den jungen Herrn in Verdacht, daß er mit dem Unterofficier, der vor einigen Wochen aus Hamburg mit den Werbegeldern desertirte, unter einer Decke gesteckt hat, das mag er dem Prinzen vertraut haben. Nun hatte mein Herr zum Unglück keine neue Uniform an, und sahe gegen die andere Officiere aus, wie die Krähe unter den Tauben; das bemerkte der Prinz, als er nach dem Manöver die Fronte hinuntertritt. Da gieng der Betteltanz los! Was die andern Officier schmunzelten! denn sie sind ihm alle spinnenfeind, weil sie wissen, daß er Geld auf Pfänder leiht, und vom Thaler monatlich ein doppelt Schilling Interesse nimmt.

Cleschen. Es geschieht ihm schon Recht, dem Geizhals! Er sollte sich schämen! Eben war auch eine Zeugmacherwittwe hier — Nimmt dem

dem armen Weibe ihr paar Schillinge ab, und verspricht ihren einzigen Sohn von den Soldaten frey zu machen. Ich kann nicht begreifen, wie die Leute so dumm seyn können, dergleichen zu glauben.

Johann. Je nu! andere haben ihn wieder dafür zum Narren. Verwichenen December dankte er seinen Barbier ab, um das Neujahrsgeschenk zu ersparen. — Nun sollt' ich ihn rasieren, aber ich verstand mich mit dem Barbier und zersetzte ihm einigemal das Gesicht so erbärmlich, daß er endlich des Schneidens überdrüßig wurde, sich seine paar Flachshaare mit der Scheere abschnitt, und nach Neujahr wieder seinen ordentlichen Barbier annahm.

Lieschen. Pfui über den Knicker! Ein schönes Früchtgen, das sich die Frau Commissionsräthin aufgezogen hat!

Johann. Er wirds ihr zu seiner Zeit schon empfinden lassen! Wie stehts dann mit der Erbschaft? Ist noch keine Theilung vor sich gegangen?

Lieschen. Es giebt leyder nichts zu theilen!

len! Die Frau des Fähndrichs kriegt das ganze Vermögen ohne Theilung.

Johann. Was? Und sein Stiefbruder — der Canzleyrath — —? Seine Frau hatte doch auch Ansprüche?

Lieschen. Die Frau des Fähndrichs war den Verstorbenen um einen Grad näher verwandt, und da kein Testament vorhanden ist — —

Johann. Man sprach aber doch davon.

Lieschen. Ja, vor einigen Jahren, als ich noch bey der seligen Frau Lambert in Diensten war, hieß es so — und man wollte auch wissen, daß Herr Lambert seine zweyte Nichte, die Canzleyräthin zur Universalerbin eingesetzt hätte; aber es wurde bald wieder stille davon. Vielleicht hatte der ehrliche Mann damals den Vorsatz, ein solch Testament zu machen; aber ganz gewiß hatte der geitzige Fähndrich die Vollziehung verhindert; denn der war die letzten zwey Jahre das Factotum im Hause, und wird gewiß nicht unterlassen haben, den armen Canzleyrath rechtschaffen anzuschwärzen.

Johann. St! Ich glaube, es ruft was.

Lies-

Die Erbschaft.

Lieschen. Vermuthlich die Commissionsräthin! Hätte die sich heute einmal so früh aus den Federn erhoben?

Fünfter Auftritt.

Madame Schmidt. Vorige.

Mad. Schmidt. (inwendig) Lieschen! Lieschen!

Lieschen. Frau Commissionsräthin! (will gehen)

Mad. Schmidt. (in Nachtkleidern) Nun — was wirds? Ists der Demoiselle gefällig mich anzukleiden?

Lieschen. Um Vergebung, Frau Räthin! Ich glaubte nicht, daß sie so früh aufstehen würden.

Mad. Schmidt. Ich glaubte, ich glaubte? Und ich glaubte, sie wüßten ihre Schuldigkeit! Es fehlt nicht viel, so werd ich die Madam bedienen müssen. (indem sie abgehen will, erblickt sie den Bedienten) Sieh da, Johann? Seyd ihr schon da? Wo ist euer Herr?

Johann.

Johann. Noch vor des Hauptmanns Quartier! Er wird aber den Augenblick hier seyn.

Mad. Schmidt. Geschwinde Lieschen! mach Chokolade! Das arme Kind! Bey dem schlechten Wetter! Ganz gewiß wird er sich erkältet haben, der kleine Wildfang! (zu Lieschen) Nun so mach, daß du fortkömmst, abscheuliches Thier! (Lieschen geht ab.)

Sechster Auftritt.

Madame Schmidt. Johann.

Mad. Schmidt. Das liebe süsse Kind! Wenn ihm nur nicht der Nebel auf die Brust gefallen ist! So früh auszureisen! Tausendmal hab' ichs ihm gesagt, daß er sich hübsch pflegen, und seiner Gesundheit warten soll; aber die thut er — als wenn er von Eisen und Stahl wär.

Johann. Ja Frau Räthin! da laßt sichs nicht viel pflegen und warten, wenn die Ordre zum Marsch kömmt, da muß man heraus; es mag donnern, oder blitzen.

Mad.

Mad. Schmidt. Das ist ja erschröcklich! Aber schon gut! Er soll am längsten Soldat gewesen seyn. Nimmermehr hätt' ich es zugegeben, daß er den Stand ergriffen hätte; aber seine Tante selig hatte einen Mann, der meinem Sohne nicht das Wasser reichte, der wurde Lieutenant, mir nichts, dir nichts! Und ehe zwey Jahre ins Land giengen, war er Obrister, commandirte ein Freybataillon, und machte sich Beute, daß er das Geld mit Wagen nachfahren lassen mußte. Mein Sohn dachte, es würde ihm eben so glücken — Er gab desfalls das Studiren auf — das seiner Gesundheit ohne dieß höchst schädlich war, und kauft' sich eine Fähndrichsstelle; — aber schon anderthalb Jahr ist er in Diensten und immer noch als Fähndrich — — und noch hat er keinen Schilling ausser seinem Gehalte bekommen —

Johann. Je nu! Wenn er itzt in englische Dienste und mit nach Amerika gienge — — wer weiß!

Mad. Schmidt. Bewahre! wo denkt ihr hin? Dort ist ja Krieg! Und im Krieg soll Hännschen nicht dienen, das hab ich mir

gleich

gleich anfangs bey ihm ausbedungen — Da kömmt ja der Commissionsrath — der ist schon ausgewesen, wie ich sehe. Geht indeß Johann! Gebt acht! So bald mein Sohn kömmt, so helft ihn hübsch umkleiden und sagt ihm, daß ich ihn mit Schmerzen erwarte.

Johann. Gut!

Mad. Schmidt. Gut? Wer wird denn so mit seiner Herrschaft reden ——

Siebenter Auftritt.

Herr Schmidt. Vorige.

Herr Schmidt. Guten Morgen, Linchen!

Mad. Schmidt. (ohne sich zu wenden) Guten Morgen! (fahrt fort zum Johann zu reden) Ihr seyd freylich nur vom Lande und ich halte euch viel zu gut, weil ihr bey meinem Sohne dient; aber ihr müßt auch hübsch höflich werden und bedenken, mit wem ihr redet. Nun geht!

(Johann geht ab.)

Achter

Achter Auftritt.

Herr Schmidt. Mad. Schmidt.

Mad. Schmidt. Ein Bauer bleibt doch ein Bauer sein Lebenlang! (wendet sich zu ihrem Manne) Sie sind schon aus gewesen, wie ich sehe?

Herr Schmidt. In einer wichtigen Angelegenheit. Unser Nachbar der Justizrath Weber ließ gestern Abend ein paar Worte fallen, die eben nicht zu unsers Freundes Dyrksens Vortheile waren; ich wollte ihn heute früh besuchen und mich nach den näheren Umständen erkundigen, aber er war noch nicht aufgestanden, auch Dyrksens Comtoir war noch verschlossen. — Ich muß gestehen, die Sache beunruhigt mich. — Dyrksen schien mir seit ein paar Tagen so schüchtern, so zurückhaltend——

Mad. Schmidt. Wie können sie sich nun dergleichen Possen aufbinden lassen — Sie kennen ja Webern — So viel Wörte, so viel Lügen! Ich kann den Kerl auf den Tod nicht leiden.

Herr Schmidt. Man kann nicht vorsichtig genug seyn — und besonders bey Angelegenheiten dieser Art. — Ich will doch hernach wieder hin — Ich muß näheres Licht in der Sache haben — Ist der Fähndrich schon zurück?

Mad. Schmidt. Er ist noch vor des Hauptmanns Quartier — das arme Kind! so früh auszumarschieren — —

Herr Schmidt. Ich habe schöne Dinge von ihm gehört! Der Unterofficier — so vor einiger Zeit in Hamburg mit Werbegeldern durchgieng — ist wieder eingeholt worden; er hat bekannt, daß der Fähndrich sich mit ihm verstanden, und — — —

Neunter Auftritt.

Ein Kaufmannsdiener. Vorige.

Kaufmannsdiener. Verzeihen sie Herr Commissionsrath, daß ich unangemeldet hereinkomme — dieß Billet wird mich entschuldigen — —

Herr

Herr Schmidt. Geben sie — (öfnet das Billet, läuft es schnell durch, und scheint während dem Lesen äusserst betroffen)

Mad. Schmidt. Ich dächte, es wären doch Leute genug im Hause — — (zu Hr. Schmidt) was ist ihnen? Sie scheinen ja so unruhig — —

Herr Schmidt. (Eilt nachdem er gelesen, in gröster Bestürzung ab; der Kaufmannsdiener folgt)

Zehnter Auftritt.

Madame Schmidt. Was ist das? Was ist vorgegangen? Er scheint wie vom Donner gerührt. — Er sprach von Dyrksen — — — Sollte der in der That — — seiner Frauen halber wär es mir schon recht! Die eingebildete Närrin — ! In allem will sie's mir gleich thun — und ist doch nur eine gemeine Kaufmannsfrau.

Eilfter Auftritt.

Lieschen. Madame Schmidt.

Lieschen. Der Herr Fähndrich ist angekommen —

Mad.

Mad. Schmidt. Ist er? O das ist gut! Hast du die Chokolade fertig?

Lieschen. Sie steht am Feuer — der Herr Fähndrich kleidet sich nur um, so bald er angezogen ist, wird er bey ihnen seyn. Aber — was fehlt dem Herrn Commissionsrath? — Er begegnete mir unten an der Treppe, und schien ganz ausser sich —

Mad. Schmidt. Ich weiß es nicht eigentlich, was ihm fehlt; aber wie ich vermuthe, so muß er in Gefahr stehen, eine wichtige Summe zu verlieren — das käme mir itzt just zur ungelegenen Zeit — denn ich habe mir vorgenommen, ihn um einige hundert Mark zu bitten, die Putzmacherin zu bezahlen — der Schneider will auch nicht länger warten — —

— **Lieschen.** Je nu! Im Fall der Noth haben sie ja Geld in der Bank. —

Mad. Schmidt. Gehabt —! Das verwünschte Lotto! — Ich dachte immer, es sollte doch einmal eine Quaterne fallen —! Und da hab' ich mein bischen Habseligkeit so nach und nach zugesetzt. Ich getrau mir gar nicht, es meinem Mann zu entdecken — denn er giebt mir

in

Die Erbschaft.

in der That mehr zu meinen kleinen Ausgaben, als ich verlangen kann —

Lieschen. Ja wohl!

Mad. Schmidt. Je nu! Wenn nur mein Sohn erst die Erbschaft übernommen hat, so soll mir der aushelfen — er hat ein gutes Herz, er wird mir gewiß nichts abgehen lassen!

Lieschen. Der Herr Commissionsrath kömmt wieder zurück.

Mad. Schmidt. Das ist gut! Vermuthlich war es nur ein blinder Lärm. Geh' nur itzt zum Herrn Fähndrich, und frag ihn, ob er auch was zu befehlen hat. (Lieschen geht ab.)

Zwölfter Auftritt.

Herr Schmidt. Mad. Schmidt.

Herr Schmidt. (unruhig auf- und abgehend) Hätt' ich mir es vorstellen können!

Mad. Schmidt. Was denn?

Herr Schmidt. O mein Kind! Ehre, und Freyheit sind verloren, wenn ich nicht schleunige Rettung finde!

Mad. Schmidt. Ums Himmelswillen! Wodurch? warum?

Herr Schmidt. Dyrksen —! Mein Busenfreund — — Er stand auf dem Punkt zu stürzen; ich rettete ihn durch einen schleunigen Vorschuß — Ich nahm 10000 Mark königlicher Gelder zu Hülfe, weil meine Cassa nicht hinreichte. Der Verräther schwur mir unter freyem Himmel mit den feyerlichsten Eidschwüren, mir diesen Vorschuß in zwey Terminen wieder abzutragen und nun — —

Mad. Schmidt. Ist er vermuthlich davon gelaufen?

Herr Schmidt. Verwichene Nacht!

Mad. Schmidt Sie unbesonnener Mann! Ich hab's mir längst vorgestellt, daß es so kommen würde!

Herr Schmidt. Keine Vorwürfe, Karoline! Hülfe! schleunige Hülfe! Die Gefahr ist größer als sie glauben! Des Betrügers Flucht, mein Verlust an ihm ist schon bekannt — ich werde wahrscheinlich die königliche Casse überliefern müssen — 4000 Mark getrau ich mir zusammen

sammen zu bringen — — Ich weiß, sie haben 6000 Mark in der Bank —

Mad. Schmidt. Ich — —? (für sich) Welche Verlegenheit! — Nimmermehr darf ich es ihm gestehen —!

Hr. Schmidt. Sie stehn an — —?

Mad. Schmidt. Sie wissen unser Verhältniß und — sie haben ja so viele Freunde — eine so ausgebreitete Bekanntschaft — — —

Hr. Schmidt. So spricht mein Weib? die einzige auf der Welt, der ich mein Schicksal anvertraute — die meine erste, beste Freundin seyn sollte — —? O Karoline! Karoline! für so grausam hätt' ich dich nicht gehalten!

Mad. Schmidt. Und ich sie nicht für so ungerecht und unbesonnen! Nun sie aus Leichtsinn und übertriebener Gutherzigkeit ihr Vermögen verschleudert haben — nun soll ich ihnen mein geringes Vermögen aufopfern, das einzige, was mir in der dringendsten Noth übrig bleibt? Nein! Herr Rath! sie müssen auf andere Auswege denken, ich kann ihnen nicht helfen.

Hr. Schmidt. (halb in Wuth) Frau —. Weib! — — Doch was will ich? Mein Unglück durch häußliche Zwistigkeiten noch vergrößern? Ich seh's, ich bin ein unglückliches Beyspiel von den Männern, die aus übermäßiger Liebe und Güte, aus zu großer Begierde den Haußfrieden zu erhalten, ihre Gerechtsame muthwillig verscherzen —! Aber Madame! das muß ich ihnen gestehen, daß ich sie meiner Liebe, und Achtung würdiger glaubte! Ich gehe zu einigen Freunden, die vielleicht menschlicher als sie denken. Wenn der Fähndrich kömmt, so sagen sie ihm, daß ich ihn bey meiner Rückkunft zu sprechen wünschte. (er will gehen.)

Dreyzehnter Auftritt.

Sophie. Vorige.

Herr Schmidt. (im Vorbergehn) Guten Morgen Frau Tochter! (geht ab)

Mad. Schmidt. (vor sich, ohne Sophie zu bemerken) Ja der wird auch was hergeben, der Fähndrich! Der dreht zehnmal einen Pfenning um und um, ehe er ihn ausgiebt! Wenn ich es hätte — — je nun — er ist mein Mann, aber — —! sieh da, die Frau Kanzleyräthin! wie

Die Erbschaft.

wie geziert! wie geputzt! — So früh Frau Räthin? Ist's möglich? erst um neun Uhr!

Sophie. Ich bin schon seit einigen Stunden auf. Erlauben sie ihnen einen guten Morgen zu wünschen, beste Mama! (will ihr die Hand küssen.)

Mad. Schmidt. (zieht solche zurück) Beste Mama! Wie läppisch in dem Munde einer erwachsenen Person! Frau Commissionsräthin, dächt' ich, wäre eben so schwer nicht auszusprechen.

Sophie. Wenn sie befehlen — — —

Mad. Schmidt. (Sophie betrachtend) Ein vortreflicher Kopfputz! Er steht allerliebst! (vor sich) Wie einem indianischen Hahn die Kappe. (laut) Der Herr Kanzleyrath müssen doch ein ausserordentliches Vermögen besitzen, daß sie an ihre Frau Gemahlin so viel verwenden können — Fast jeden Tag ein neues Aufsätzchen, ein neumodisches Häubchen, ein pariser Anzügelchen!

Sophie. Meiner Hände Arbeit, Frau Commissionsräthin.

Mad.

Mad. Schmidt. Ist möglich? Freylich — mit Beyhülfe einiger Putzmacherinnen — damit ja die Schwiegermama nichts zum voraus hat! Aber nur Geduld, gutes Kind! Es wird auch ein Ende nehmen — und dann soll mir der Herr Kanzleyrath nur kommen —

Sophie. Frau Mutter! Frau Räthin!

Mad. Schmidt. Nicht einen Heller soll er von mir und von seinem Vater bekommen — nicht so viel! Und wenn er sein Brod vor den Thüren betteln sollte.

Sophie. Ihr Sohn — — —

Mad. Schmidt. Mein Sohn! Sie wollen sagen, der Sohn meines Mannes! eben so ein Verschwender! Der Fähndrich ist mein Sohn; an dem sollt' er ein Beyspiel nehmen — der beträgt sich doch noch als ein vernünftiger Mensch. Aber der Herr Kanzleyrath! Hic! Hey! das geht! Saufen, schmausen, tanzen, springen, Concert, Comödie — daß einem grün und gelb vor den Augen wird, wenn man die Wirthschaft nur mit ansieht! Ich will doch Wunders halber sehen, wo das am Ende noch hinaus will.

Sophie.

Die Erbschaft.

Sophie. Sie sind hintergangen, Frau Räthin! Mein Mann ist lebhaft, aufrichtig, gutherzig, freygebig, aber nicht leichtsinnig, noch weniger ein muthwilliger Verschwender —

Vierzehnter Auftritt.

Der Fähndrich. Johann. Vorige.

Mad. Schmidt. (fährt freudig auf) Da ist er ja!

Fähndrich. (im Hereintreten) Wenn du dich noch einmal unterstehst und die neue Livree anziehst, so sollst du sie mir zu Heller und Pfennigen zahlen.

Johann. Aber die alte ist ja zerrissen.

Fähndrich. Laß sie ausbessern.

Johann. Um Vergebung, Herr Fähndrich! Sie ist schon dreymal gewandt, und wohl zwanzigmal ausgebessert; es hält kein Stich mehr.

Fähndrich Nicht räsonnirt Bursche! Thu, was ich dir befehle. Im schmutzigen Wetter ist sie noch immer gut.

Johann. Je nu! Meinetwegen! (geht ab)

Fünfzehnter Auftritt.

Madame Schmidt. Fähndrich. Sophie.

Mad. Schmidt. Das liebe Kind! Du hast dich doch etwa nicht über den Kerl geärgert?

Fähndrich. Impertinenter Schlingel! Aber ich will ihm auf den Dienst passen! Pudert sich der Flegel immer mit meinem Puder! Fast jeden Monat geht ein Pfund darauf —

Mad. Schmidt. Armes Hänschen! Schaff ihn ab, den groben Bengel; du kriegst hundert für einen. — Aber — — du bist ja so blaß mein Püpchen! Gewiß hast du dich beym Marsch übernommen! Willst du ein wenig Liqueur?

Fähndrich. Ach!

Mad. Schmidt. Was ist dir denn liebes Herzblättchen? Du bist ja so verdrüßlich! Du wirst dich doch nicht über den Lumpenkerl ärgern?

Fähndrich. Ach was?

Mad.

Mad. Schmidt. Oder hat dir sonst jemand etwas in den Weg gelegt?

Fähndrich. Nein Mama! Nein!

Mad. Schmidt. Oder bist du etwann' gar krank? Ach! Ich wäre des Todes!

Fähndrich. Nein, nein, nein sag' ich ihnen!

Mad. Schmidt. Sey nur nicht böse mein Mäuschen! Du weißt ja, wie herzlich ich dich liebe, und wie sehr ich stets um deine Gesundheit besorgt bin.

Sechszehnter Auftritt.

Lieschen. (bringt Chokolade) Vorige.

Mad. Schmidt. Bringst du! endlich? Komm her Hänschen. (zu Lieschen) Hurtig einen Stuhl! — Setze dich zu mir; so —! Du wirst wohl müde von der Reise seyn, du armes Kind! Da — trink; aber verbrenne dich nicht! — Du kannst wieder gehen, Lieschen, bis ich dich rufe. (Lieschen geht ab.) Nun erzähle mir doch, was giebts denn Neues bey eurem Regimente?

Fähndrich. Eben nicht viel erbauliches! Aber hier giebts schöne Neuigkeiten, wie ich höre.

Mad. Schmidt. Ach leyder! mein kluger Herr Gemahl macht immer solche Streiche!

Fähndrich. So? Auch der? Schöne Wirthschaft! Das, was ich erfahren habe, betrift nur meinen saubern Herrn Bruder.

Mad. Schmidt. Den Kanzleyrath? Ey, ey! Was hat denn der angestiftet?

Fähndrich. Er? die ganze Familie hat er prostituirt?

Mad. Schmidt. Wie so? Woburch?

Fähndrich. Woburch? Ich mögte rasend werden, wenn ich daran gedenke —? Ein solcher Schimpf!

Mad. Schmidt. Um alles in der Welt, liebes Hänschen, du machst mir ganz angst! Was ist denn vorgegangen? Was hat er gethan der Bösewicht —?

Fähndrich. Er hat — er ist —

Mad. Schmidt. Nun was ist er denn?

Fähndrich. Was? — Freymaurer ist er geworden!

Mad.

Mad. Schmidt. (erschrocken) Ein Freymaurer?

Fähndrich. In optima Forma!

Mad. Schmidt. Ein Freymaurer? Gott sey bey uns!

Fähndrich. Nun ja, ja! Ein Freymaurer!

Mad. Schmidt. Hab' ichs doch gesagt! Der ungerathne Bengel bringt uns noch um Ehre und Reputation! Von wem hast du es denn erfahren, mein Püpchen?

Fähndrich. Von unserm Regimentsfeldscherer.

Mad. Schmidt. Vom Regimentsfeldscherer? Ach, der wird ihm gewiß den Verband gemacht haben, dem gottlosen Buben!

Fähndrich. Den Verband?

Mad. Schmidt. Ja, ja, den Verband! Die Freymaurer verschreiben sich mit ihrem Blute und einer Rabenfeder, daß keiner das Geheimniß verrathen will, und da schneiden sie sich kreutzweiß in den Daumen hinein, und lassens, wenn sie genug haben, wieder zuheilen. Das hat mir meine Haubensteckerin erzählt, und die hats

hats von ihrem Manne, der bey einer Bande Freymaurer in Diensten ist. Gieb nur einmal Acht — dein Stiefvater hat eben auch eine solche Narbe.

Fähndrich. Ich glaubs! Alter hilft für Thorheit nicht! Ich wundre mich nur über den Herrn Kanzleyrath! der stellt sich immer so unschuldig, so ehrlich, und aufrichtig, als wenn er kein Wasser betrübte!

Mad. Schmidt. Aergre dich nicht Hänschen! die Chokolade könnte dir ins Geblüt schlagen. Laß ihn laufen, den Schwelger!

Fähndrich. Meinetwegen möchte er laufen bis nach Lappland! Wenn er mir nur meine Schulden bezahlte.

Mad. Schmidt. So? Auch dir ist er schuldig?

Fähndrich. Freylich breyßig Thaler.

Mad. Schmidt. Dreyßig Thaler? Ach das sind gewiß die sechs Louisd'or, die er neulich nach Dresden schickte. Sein Bursche wieß mir den Brief, da stand darauf: An das Freymaurer-Institut — Vermuthlich ist das so eine Her-

Die Erbschaft.

Herberge, wo die Freymaurer ihre Niederlage haben.

Fähndrich. Sicher!

Mad. Schmidt. So vieles Geld zu verschwenden! Auch sein Vater der Commissionsrath! Ich glaube, es reichen jährlich keine hundert Thaler, die er blos an Almosen vertändelt, die andern Ausgaben ungerechnet.

Fähndrich. Schön, da muß freylich alles zu Trümmern gehen!

Mad. Schmidt. Leyder, mein liebes Hänschen, gehts auch — bunt übereck's? Dem naseweisen Kanzleyrath gönn ich's allenfalls, wenn er gerupft wird — der hats verdient —. Aber, daß mein Mann so ein Tölpel ist und sich von dem Volke so über die Gänsewiese führen läßt, das ärgert mich in der Seele! Die verwünschten Freymaurer die! die Obrigkeit sollte sie gar nicht im Lande dulden.

Fähndrich. Ich würde, wenn ich etwas zu sagen hätte — alle das Geschmeiß von Quackern, Herrnhutern und Freymaurern öffentlich an den Pranger stellen, und des Landes verweisen — Meinen Herrn Bruder nicht ausgeschlosschloffen. — Und hoffentlich wirds auch noch dahin kommen — Aber erst sollte er mir meine Schuld zu Heller und Pfenningen bezahlen.

Sophie. (nähert sich) Um Vergebung Herr Fähndrich! Ich dächte, sie wären bezahlt. — Meines Wissens sind die dreyßig Thaler kein Vorschuß, sondern ein Abtrag auf eine ziemliche Gegenrechnung.

Fähndrich. (erschrocken) Ey sind sie hier Frau Räthin!

Sophie. Sie erinnern sich doch, daß mein Mann die Auslagen für des seligen Lamberts Beerdigung gemacht hat? Uebrigens danke ich ihnen für die liebreiche Gesinnungen, welche sie gegen meinen Mann äussern; er wird sich ungemein darüber erfreuen.

Fähndrich. Meine Absicht — der Verdruß über seine Ausschweifung — das Mitleid — sie, wertheste Frau Schwägerin darunter leiden zu sehen — —

Mad. Schmidt. (aufgebracht) Frau Kanzleyräthin! Ich glaubte sie in ihrem Zimmer —

Sophie. Sie hätten mich noch nicht entlassen, Frau Kommissionsräthin! Ganz ausser sich

Die Erbschaft.

sich über die Ankunft des Herrn Fähndrichs, vergaßen sie ihre Verweise, und meine Gegenwart.

Mad. Schmidt. Madame! Ich bitte — —

Sophie. Verzeihen sie, Frau Mutter! Ich bin weit entfernt, ihren Unwillen gegen mich und meinen Mann zu vergrößern! dieß Geschäfte überlasse ich seinen heuchlerischen Anverwandten. Nur um die einzige Gefälligkeit ersuche ich sie — Hören sie auch meinen Mann — hören sie von ihm, wenn es ihnen anders möglich ist, die Wahrheit ohne Vorurtheil, und sie werden ihm und mir Gerechtigkeit wiederfahren lassen. (geht ab.)

Siebenzehnter Auftritt.

Madame Schmidt. Fähndrich.

Fähndrich. Wahrheit! Gerechtigkeit! Das ewige Steckenpferd meiner Frau Schwägerin — Wenn wir nicht Beweise vom Gegentheile hätten —!

Mad

Mad. Schmidt. Aergre dich nicht mein Hänschen! Es ist nicht der Mühe werth. Willst du noch eine Tasse?

Fähndrich. Ich danke, Mama! Laßen sie den Rest bis Morgen —

Mad. Schmidt. Wie du willst Hänschen! Ich laße dir aber lieber frische machen. Nun erzähle mir doch, wie ists bey der Revüe hergegangen? Hast du Ehre eingelegt?

Fähndrich. Ach! Ich bin des Lebens müde! Man setzt sein Vermögen dabey zu, und hat doch nichts als Verdruß und Schikane davor.

Mad. Schmidt. Du hast wohl Recht Hänschen! Wenn irgend Krieg entstünde — ich wäre ein Kind des Todes, wenn du mit fort müßtest! Ich habe schon allerley Versuche gemacht, dir den Abschied zu bewürken; aber es will noch nicht recht damit gehen. Neulich war ein Kammerlaquay vom Prinzen hier, den ließ ich durch meine Schwägerin die Oberbereiterin zu mir bitten — und both ihm ein Geschenk von zweyhundert Thaler, dafür er dir den Abschied bey dem Prinzen auswürken sollte, denn

ich

ich weiß; er gilt was bey ihm; aber meynst du wohl, daß der Flegel das Geld nahm? Er lachte mir grade ins Gesicht und sagte: daraus wird nichts Madame.

Fähndrich. (erstaunt) Zweyhundert Thaler? Mama! Wo denken sie hin?

Mad. Schmidt. Du mußt nur nicht böse werden, Hänschen! Es war Nadelgeld, so ich mir schon seit langer Zeit zu dieser Absicht erspart hatte — —.

Fähndrich. Nun so legen sie es bey seit, und sparen noch mehr zu einer bessern Absicht. Ich hab meinen Abschied; der Prinz hat mir ihn aus eigner Bewegung ertheilt.

Mad. Schmidt. Der Prinz? Ach! der gnädige Herr! Da fällt mir auf einmal ein rechter Stein vom Herzen. Aber — doch als Lieutenant?

Fähndrich. Das nicht —

Mad. Schmidt. Je nu! Mags doch! Bist du doch frey, und da du einmal mit Ehren deinen Abschied hast, so kannst du dich immer Herr Lieutenant tituliren lassen. Ich wollt dar-

darauf wetten, der Kammerlaquay hätte die Sache eingefädelt.

Fähndrich. Nein Mama! dießmal hab' ichs selbst eingefädelt.

Mad. Schmidt. Desto besser! So kann ich auch das Präsent ersparen. Aber dem, der dir den Abschied ausgefertigt, muß ich doch wohl etwas geben.

Fähndrich. Keinen Heller, Mama!

Mad. Schmidt. Du bist auch gar zu geizig, Hänschen! bist doch nun ein so reicher Erbe!

Fähndrich. Ich habe auch noch lange zu leben; und von meinem Herrn Stiefvater darf ich eben nicht viel erwarten.

Mad. Schmidt. Leyder! seine verwünschte Gutherzigkeit bringt ihn noch gewiß an den Bettelstab! Vor einer halben Stunde ungefehr war er hier und wollte Geld von mir borgen — Er denkt immer, ich habe noch Geld in der Bank — aber — —

Fähndrich. Was? Sie hätten nicht — —?

Mad.

Die Erbschaft.

Mad. Schmidt. Leyder nicht! Was hilfts? Ich hab's bisher auf dem Herzen behalten, aber dir muß ich es nur vertrauen. — — Das verfluchte Lotto hat mich um Alles gebracht.

Fähndrich. Immer besser!

Mad. Schmidt. Du mußt nur nicht schmälen, Häuschen! Ich hatte gar gute Absichten. Verwichene Weyhnachten sinds zwey Jahr, da träumte mir von vielen Säcken Geld und von fünf Nummern, natürlich wie sie auf dem Lottokalender abgedruckt stehen; ich dachte, das würde mir gewiß Glück bedeuten, und nahm zu den geträumten fünf Nummern noch Nummer zwey und zwanzig; denn du giengest damals ins zwey und zwanzigste Jahr — Nummer zwey und neun und zwanzig; denn du bist den neun und zwanzigsten Februar geboren, es war eben ein Schaltjahr, und Nummer eilf; denn es war just des Nachts um eilf Uhr als du zur Welt kamest — —

Die Erbschaft.

Achtzehnter Auftritt.

Johann. Vorige.

Johann. (In einer alten zerriſſenen Livree)

Mad. Schmidt. Er iſt jetzt Lieutenant, Johann! Daß ihrs nur wißt. Nun ja, ja! Lieutenant! will das nicht in euer Eſelsohr herein? —

Johann. Ganz wohl, Frau Commiſſionsräthin! Herr Fähndrich — Lieutenant wollt ich ſagen — Der Herr Licentiat Dunſt iſt im Vorzimmer; er mögte gern ein paar Worte mit ihnen allein reden.

Fähndrich. Ich komme.

Mad. Schmidt. Wartet! Ich muß mich ſo ankleiden. (zum Fähndrich) Vermuthlich betrift es die Erbſchaftsſache, da will ich euch nicht ſtören.

Fähndrich. So laß ihn herein.

Mad. Schmidt. Iſt mein Mann wieder zu Hauſe, Johann?

Johann. Noch nicht.

Mad.

Die Erbschaft.

Mad. Schmidt. Ich bin doch nicht ganz ruhig. Er schien so ängstlich — er sagte, daß er dich sprechen wollte, so bald er zurück käme.

Fähndrich. Gut!

Mad. Schmidt. Johann! Nehmt das Chokoladezeug — komm bald nach, Hänschen!

(Geht ab.)

Fähndrich. Bald! (zu Johann) Du — die Chokolade wird bis Morgen früh aufgehoben.

Johann. Meinetwegen bis übermorgen.

Fähndrich. Kerl! Wie räsonnirst du? Weißt du, mit wem du sprichst?

Johann. O ja!

Fähndrich. Und weißt du, daß ich dir für deine Frechheit den Abschied geben werde?

Johann. Ich weiß auch, daß ich ihn annehmen werde.

Fähndrich. Bursche! — Aber nur Geduld! wir sprechen uns!

Johann. Wenn sie wollen! (nimmt das Chokoladezeug und geht ab.)

Die Erbschaft.

Neunzehnter Auftritt.

Dunst. Fähndrich.

Fähndrich. (auf- und abgehend) Impertinenter Schlingel!

Dunst. (betroffen) Wie?

Fähndrich. (ohne ihn zu bemerken) So ein grober Flegel!

Dunst. Aber Herr Fähndrich! Die Frau Mama sagten, ich sollte nur hereingehen — —

Fähndrich. Ach sind sie da, Herr Licentiat? Verzeihen sie! Der Bube hat mich aus aller Fassung gebracht — Schaffen sie mir nur so bald als möglich einen andern Bedienten, ich will ihn keine Minute länger im Hause dulden.

Dunst. Sie haben Recht! es ist ein ungeschliffener Kerl!

Fähndrich. Nur erst einen andern an seine Stelle! Er muß aber frisiren und rasiren — eine gute Hand schreiben und mit Pferden umzugehen wissen. Wenn es ein Schneider ist, der zugleich in der Musik bewandert ist und etwas von der Kochkunst versteht, so ist es mir um so viel angenehmer.

Dunst.

Dunst. Gut, gut!

Fähndrich. Nur je eher, je lieber! So ein Kerl hat nebst Essen und Trinken jährlich seine richtige acht Thaler Lohn und alle zwey Jahr eine Livree —

Dunst. O da werden sie hundert für einen finden —! Nun wie stehts denn sonst? Ist alles glücklich abgelaufen? Bringen sie keinen Lieutenant mit?

Fähndrich. Allerdings! Aber ich habe auch zugleich meinen Abschied genommen; ich bin des Soldatenstands müde!

Dunst. Sie haben Recht! Procul à Jove, procul à fulmine! Man schwatzt wieder stark vom Kriege! Um Vergebung! wie lang haben sie dem Staate gedient?

Fähndrich. Ueber achtzehn Monate!

Dunst. Eine schöne Zeit! Doch auf unsere Sache zu kommen — ich hab von sicherer Hand — (sieht sich allenthalben herum und fährt denn leise fort) Ich habe in Erfahrung gebracht, daß der alte Lambert ein Testament hinterlassen hat.

Fähndrich. (äusserst erschrocken) Ein Testament?

Dunst. St! Ums Himmelswillen behutsam! Einer von den sieben Zeugen hat es mir vertraut.

Fähndrich. Ein Testament? Herr Licentiat! ein Testament?

Dunst. St! Vielleicht ist es zu ihrem Vortheile, weil der Erblasser es selbst eigenhändig niedergeschrieben hat — und sie wissen ja selbst, wie sie bey ihm standen. Indeß fodert doch die Klugheit, sich von dem Inhalt zu unterrichten.

Fähndrich. Wie ist das möglich?

Dunst. Sehr leicht! Das Testament befindet sich in keinem Gerichte, sondern hier im Hause, in einem versiegelten und verschlossenen Schreibpulte, in dem grünen Eckzimmer oben im zweyten Stockwerke. Es kömmt nur darauf an, ob die Belohnung dem Dienste, so ich ihnen zu leisten gedenke — — —

Fähndrich. Belohnung! Belohnung! Ihr Leute thut doch nie etwas, ohne euren Clienten das Ohr mit dem Worte Belohnung taub zu schreyen.

Dunst.

Die Erbschaft.

Dunst. Meine Forderung ist billig, Herr Lieutenant. Wenn das Testament zu ihrem Vortheile ist und keine Legate enthält, so verlange ich nicht einen Heller. Finden sich aber Legata oder wäre etwa das Testament zu ihres Herrn Bruders Vortheile, so verlange ich von der Summe, welche sie durch Unterdrückung des Testaments gewinnen, den zehnten Theil und für den Zeugen, der mir das Geheimniß anvertrauet hat, fünfzig Louisd'or. Ist das nicht billig?

Fähndrich. Billig? — Es könnte billiger seyn. Aber — wie wollen wir es anfangen, das Testament zu bekommen? Sie sagen ja, daß der Pult versiegelt ist.

Dunst. Dafür lassen sie mich sorgen. Vermittelst einer gewissen Masse weiß ich alles zu entsiegeln und wieder zu versiegeln.

Fähndrich. Aber die Zeugen —?

Dunst. Nur ein wenig minder ökonomisch, Herr Lieutenant, und ihre Gewissen sind sämmtlich zu unserm Befehl. Doch die Zeit vergeht! Gleich nach Tische kommen die Gerichte, die Erbschaft zu entsiegeln; ich muß also sehen, alles was zu unserm Vorhaben nothwendig ist herbeyzuschaffen. Sie haben doch einen Hauptschlüssel?

Fähndrich. Allerdings!

Dunst. Gut! Die Dietriche werde ich besorgen. Halten sie nur Kohlfeur in Bereitschaft — und suchen sie indeß alle verdächtige Zeugen zu entfernen. In einer Viertelstunde bin ich wieder hier. (*er geht und kömmt zurück*) Aber das sage ich ihnen, ehe wir zu Werke schreiten, müssen sie mir und den sieben Zeugen die Belohnung eigenhändig und aufs bündigste versichern.

Fähndrich. Nun ja, ja! Ich will, weil ich muß! Machen sie nur, daß sie fortkommen.

Dunst. Ich bin so gleich wieder bey ihnen. (*geht ab.*)

Fähndrich. (*allein*) Der verdammte Eigennutz bey dem Volke! Alles für Geld! Nichts umsonst!

Die Erbschaft.

Zweyter Aufzug.

(Zimmer des Fähndrichs.)

Erster Auftritt.

Fähndrich. Johann.

Fähndrich. (im Hereintreten.

Johann. (kömmt) Herr Fähndrich!

Fähndrich. Licht!

(Johann geht ab.)

Fähndrich. (allein, verriegelt die Thüre, setzt sich an den Schreibepult und langt aus seinem Busen ein versiegeltes Testament hervor) Nun bist du in meiner Gewalt — — Frisch! weil ich allein bin — (entsiegelt das Testament und läuft es durch) Hm — Hm — „zu meiner Univer-„salerbin ein — Meine Nichte Beate Lindne-„rin, geborne Schönbergin„ — Also meine Frau — Gut! Gut! Wozu aber das Testament? Sie war ja ohnedieß nächste Erbin! Vermuthlich schrieb es der Alte aus Sorgfalt, um allen Streitigkeiten vorzubeugen. (er wendet ein

Blatt

Blatt um) Was? — (liest) „Ein Legat an „meine zweyte Nichte, Sophie Schmidtin, ge„borne Wagnerin von viertausend Thaler„ — Nein, nein mein guter Alter! Daraus wird nichts. (liest weiter „Ferner dreytausend Tha„ler an die Wittwe meines alten verstorbenen „Freundes, weyland Regimentsfeldscheer Rein„hards, ihre sechs unmündigen Kinder davon „zu erziehen —„ Gehorsamer Diener, Herr Vetter! Das Geld wird eingestrichen! Es giebt Armenhäuser und Freyschulen die Menge, und Madame Reinhard hat jährlich ihre fünfzig Thaler Pension. Wo bleibt doch der Licentiat? (sieht nach der Uhr) Um diese Zeit versprach er wiederzukommen. Wenn ich nur erst der Zeugen wegen gesichert bin, so will ich so gleich mit meiner Schwägerin und der Madame Reinhard quitiren. Ein Freudenfeuer von einer halben Minute und die Legata sind bezahlt. Daß ich kein Dummkopf wäre und eine so schöne runde Summe zum Fenster hinauswürfe! (Johann pocht) Wer ist da?

  Johann. (von innen) Ich bringe Licht.

Die Erbschaft.

Fähndrich. Ein wenig Geduld! (er steckt hurtig das Testament in den Busen, und öfnet hernach die Thüre)

Zweyter Auftritt.

Johann. Fähndrich. (gleich darauf) **Dunst.**

Johann. (setzt das Licht auf den Tisch) Der Herr Licentiat Dunst ist draussen.

Fähndrich. Geschwinde laß ihn kommen.
(Johann öfnet die Thüre.)

Dunst. (tritt herein) Da bin ich! Da bin ich!

Fähndrich. (zu Johann) Bleib vor der Thüre und gieb acht, daß wir nicht gestört werden.

(Johann geht ab.)

Dritter Auftritt.

Fähndrich. Dunst.

Fähndrich. Nun, Herr Licentiat —?

Dunst. Alles in Ordnung! Wo haben sie das Testament?

Fähndrich. Hier, es war die höchste Zeit! Denn kaum waren sie fort, so kamen die Commissarien — und entsiegelten die Zimmer —

Dunst. Ey, Ey! Sie haben doch nichts gemerkt!

Fähndrich. Nicht das geringste. Alles gieng nach Wunsch! Die Erbschaft ist meiner Frau zuerkannt und mir überantwortet worden.

Dunst. Gut, Gut! Aber mit dem Testamente — wie stehts?

Fähndrich. Erst itzt hab' ich einen Augenblick Zeit gehabt, es zu öfnen; wie gesagt! Zwey beträchtliche Legata —

Dunst. Desto besser, desto besser!

Fähndrich. Desto besser? Sind sie toll?

Dunst. Nun ja! für mich versteht sich! Wegen der bewußten zehn Procent.

Fähn

Die Erbschaft.

Fähndrich. Der verdammte Geiz!

Dunst. Der Arbeiter ist seines Lohnes werth, Herr Lieutenant! Lassen sie doch sehen. —

Fähndrich. (öfnet das Testament und zeigt es ihm, behält es aber in der Hand)

Dunst. (liest vor sich) Hm — richtig! Viertausend und dreytausend — macht siebentausend — und — (will weiter lesen)

Fähndrich. Das Mißtrauen kann mich ärgern! Sie seh'n ja, daß keine Zahlen mehr ausgedruckt sind — (schlägt die Blätter flüchtig um) Nun? (Er steckt das Testament zu sich)

Dunst. (langt einige beschriebene Papiere hervor, nimmt eine Feder und füllt die darinn befindlichen offnen Stellen aus) Siebentausend — macht zu zehn Procent — sieben hundert — — so —! (dem Fähndrich eins von den Papieren überreichend) Wollen sie nun so gütig seyn, Herr Lieutenant? —

Fähndrich. Was giebts?

Dunst. Ihren werthen Namen —

Fähndrich. Sie haben ja mein Wort —

Dunst. Blos Lebens und Sterbens halber!

Fähndrich. Zum rasend werden! (er liest den Aufsatz durch und unterschreibt.)

Dunst. (legt ihm ein ander Papier vor) Nun hier —

Fähndrich. Noch mehr?

Dunst. Für die sieben Zeugen —

Fähndrich. Sieben Zeugen?

Dunst. Lesen sie nur ihre Unterschrift —

Fähndrich. Vielleicht sind welche in der Zeit gestorben —

Dunst. Alle frisch und gesund!

Fähndrich. (sieht ins Testament)

Dunst. Für jeden hundert Thaler.

Fähndrich. Hundert Thaler?

Dunst. Und dem ersten, der mir das Geheimniß anvertraut hat, fünfzig Louisd'or besonders.

Fähndrich. Fünfzig Louisd'or?

Dunst. Sie können immer noch froh seyn. Englische Beredsamkeit hab ich bey den Leuten anwenden müssen.

Fähndrich. Aber was zum Henker bleibt mir denn noch übrig?

Dunst.

Die Erbschaft.

Dunst. Auſſer der Erbſchaft von fünfzig bis ſechzig tauſend Thalern, immer noch ein Erſparniß an den Legaten von fünftauſend dreyhundert und fünfzig Thalern.

Fähndrich. Ein rechter Bettel!

Dunst. Wenn ſie nicht damit zufrieden ſind, ſo kann ich das alles noch ändern — das Teſtament wird wieder verſiegelt, und den Gerichten ſagt man — daß ſich der Bettel noch unter einigen alten Papieren eingefunden hätte —

Fähndrich. Daß ſie doch der Henker holte mit ihren verdammten Schikanen — Geben ſie den Wiſch her — (er unterſchreibt das Papier, und wirft es hin) Da — (höhniſch) Haben ſie nicht noch irgend ein Papierchen im Schubſack?

Dunst. Bewahre! Nun iſt alles in Ordnung.

Fähndrich. Ich dächts!

Dunst. Ich will alſo immer wieder gehen, und den Zeugen ſagen, daß ſie morgen ihr Geld würden ausgezahlt bekommen —

Fähndrich. Sie können auch hinfahren, wenns beliebt.

D   Dunst.

Die Erbschaft.

Dunst. Und meine siebenhundert Thaler — —?

Fähndrich. Ich glaube, sie, habens darauf angelegt, mich rasend zu machen! — Haben sie denn nicht meine Handschrift?

Dunst. Allerdings! Gleich nach der Entsiegelung heißt es darinn — —

Fähndrich. Bis morgen können sie doch warten?

Dunst. Bis morgen? Je nun! wenn es seyn muß! — Haben sie noch sonst etwas zu befehlen?

Fähndrich. Nicht das geringste!

Dunst. Ich habe also die Ehre, sie in kurzer Zeit wieder zu sehen. (geht ab.)

Fähndrich. Ganz wohl! du Erzjude, du!

Vierter Auftritt.

Der Fähndrich. Nun zum Werke! Der Rabbulist könnte mir sonst aus Eigennutz noch einen Querstrich machen — Siebenhundert Thaler! Mit so leichter Mühe! — Wenn ich doch nur

Die Erbschaft.

nur ein Mittel finden könnte, dem Gauner seinen Fraß mit einer guten Art zu verkümmern —! Eine so ungeheure Summe! — (er hält das Testament ans Licht, hört aber jemand kommen und verbirgt es) Was Teufel! Schon wieder?

Fünfter Auftritt.

Madame Schmidt. Fähndrich.

Mad. Schmidt. Bist du da Hänschen? Ach! Hast du nichts zu riechen?

Fähndrich. Zu riechen?

Mad. Schmidt. Englisch Salz, oder so etwas! Ich unglückliche Frau! Laß mich nur erst zu Athem kommen — kannst du's glauben — mein Mann — —

Fähndrich. Nun?

Mad. Schmidt. Es ist ärger als ichs vermuthete —

Fähndrich. Was denn?

Mad. Schmidt. Er will nicht recht mit der Sprache heraus; aber es muß höchst gefährlich mit ihm stehen! Wohl schon zwanzigmal ist er ausgegangen, und eben so oft ist nach ihm geschickt

schickt worden. Eben kam er zu mir und bat mich fußfällig, ihm meine Juweelen zu leihen.

Fähndrich. Ich will doch nicht hoffen Mama, daß sie so einfältig seyn werden — — —

Mad. Schmidt. Ich wollt' ich könnt' es! Bey einer so dringenden Noth! Aber — ich muß dirs nur gestehn, Hänschen! Ich hab sie schon über ein halb Jahr bey dem Juden Abraham versetzt.

Fähndrich. Ihre Juweelen?

Mad. Schmidt. Er giebt mir Schuld, ich hätte nicht gut gewirthschaftet, ich hätte unnöthigen Aufwand gemacht — — und aufrichtig zu reden, er hat nicht Unrecht. Ich habe ihn wirklich zu manchen unnöthigen Ausgaben verleitet.

Fähndrich. Ich glaubs!

Mad. Schmidt. Wie oft hat er mich gewarnet! Manchmal waren wir recht hart zusammen; aber wer konnte sich das denken. Er hat doch an sechszehnhundert Thaler Gehalt, die Sporteln ungerechnet — da läßt sich doch schon etwas bestreiten.

Fähn-

Die Erbschaft.

Fähndrich. Nur kein unsinniger Aufwand. Wozu die neumodischen Oefen? Wozu die damastenen Tapeten? Wozu die ungeheure Menge atlaßener und reicher Kleider?

Mad. Schmidt. Die Kleider? Du wirst doch nicht wollen, daß sich deine Mutter wie eine gemeine Bürgerfrau tragen soll? Und überdieß kömmt das auch alles von meinem Manne; mein bischen Vermögen, das weißt du selbst, hab ich nach und nach auf dich verwandt.

Fähndrich. Aufs Lotto wollen sie sagen! Am Ende werde ich noch die Schuld tragen müssen. Mein lüderlicher Herr Bruder dächt' ich, hätte dem Herrn Vater etwas mehr gekostet! der mag nun auch sehen, wie er ihm hilft.

Mad. Schmidt. Dein Bruder? Der steckt ja in den Schulden bis über die Ohren, und wenn ers auch hätte, ich wollt' ihm nicht einmal die Ehre anthun. Wie würde sich nicht die stolze und überkluge Kanzleyräthin brüsten? Nein, nein liebes Hänschen! Wenns ja zum ärgsten kommen sollte, so bleibt dir der Vorzug; man muß nur erst sehen, wie's geht. Eben war ein Bothe da, und holte meinen Mann zum

Präsidenten. — Er schien darüber ganz verstört, und zitterte am ganzen Leibe! Wenn er in der That königliche Gelder angegriffen hätte — er ließ vorhin einige Worte davon fallen; ich glaube, sie brächten ihn auf die Vestung, ohne Gnade und Barmherzigkeit.

Fähndrich. Leicht möglich!

Mad. Schmidt. Möglich? Ach! mir wird ganz schwindlicht, wenn ich nur daran gedenke. Nein mein liebes Hänschen! Das kann nicht seyn, das wirst du nicht zugeben. Du bist ja nun ein so reicher Erbe!

Fähndrich. Meine Frau wollen sie sagen — doch davon ein andermal. Itzt erlauben sie mir nur einige Augenblicke; ich habe nothwendig zu schreiben.

Mad. Schmidt. Liebes Hänschen! wie kannst du itzt aus Schreiben denken? In einer solchen Noth? Gieb mir lieber einen guten Rath.

Fähndrich. Hernach Mama! Itzt habe ich in der That wichtige Verrichtungen. In einer Viertelstunde bin ich zu Befehl — Wir wollen dann überlegen —

Mad.

Die Erbschaft.

Mad. Schmidt. Wenn du's denn durchaus haben willst, so muß ich wohl gehen. Aber wenn du fertig bist Hänschen, so komm zu mir in mein Zimmer. Ach ich bin so beängstigt! so beängstigt! (geht ab.)

Fähndrich. Ich glaubs!

Sechster Auftritt.

Fähndrich. Gehorsamer Diener! Das wäre mir eben recht! die Erbschaft so lüderlich zu verschleudern! (indem er die Thüre verriegelt) Nein, nein meine theure Frau Mama, daraus wird nichts! Nun frisch ans Werk, ehe wir von neuem überfallen werden — das Licht brennt schon über eine Viertelstunde um nichts und wieder nichts. (er hält das Testament übers Licht und verbrennt es) Ach! ein herrlich Feuer! Sieben tausend erspart! Die sind mitzunehmen! — (löscht das Licht aus) Hm! doch zu rasch! Erst hätte ichs durchlesen soll'n; wer weiß — was wirds denn auch seyn? Immer so gut! Vielleicht war etwa noch eine christliche Verordnung drinn enthalten, die mich in Verlegenheit hätte

D 4 setzen

setzen können — Genug! Meine Frau ist einzige Erbin, das ist die Hauptsache — es wird gepocht) Zum Henker! nicht einen Augenblick Ruhe! Gut, daß ich fertig bin. (Er öfnet die Thüre)

Siebenter Auftritt.

Winkler. Walch. Fähndrich.

Winkler. So eingeschlossen, Herr Fähndrich?

Fähndrich. Ach! Ihr Diener Herr Winkler! Verzeih'n Sie! Ich bin müde vom Marsch und war eben im Begriff ein wenig zu ruhen.

Winkler. So müssen wir um Verzeihung bitten — Ihr Bedienter sagte, sie schrieben — —

Fähndrich. Ich bin schon damit fertig. (holt Stühle) Setzen sie sich doch!

Winkler. (sieht sich um, und riecht)

Fähndrich. Was beliebt?

Winkler. Ich weiß nicht — es — riecht so — nach Brand — — nach —

Die Erbschaft.

Fähndrich. Ach! Ich rauchte vorhin eine Pfeife Toback; eben hab ich das Licht ausgelöscht —

Winkler. Verzeihen sie! — Vor allen Dingen Herr Fähndrich, condolire ich wegen des Absterbens des Herrn Lambert — es wäre zwar schon längst meine Schuldigkeit gewesen; aber eine Menge dringender Geschäfte —

Fähndrich. Hat nichts zu sagen. Sie sind der Abvocat meines Bruders, sein guter Freund — um unsre Zwistigkeiten —

Winkler. Ich wünschte solche beylegen zu können — —

Fähndrich. Danke für den guten Willen — aber, wer ist der Herr? (auf Walch zeigend)

Winkler. Der Herr Notarius Walch! Er hat den Auftrag, bey unsrer Unterredung gegenwärtig zu seyn, um ihre Aussage vor Gericht zu bestätigen.

Fähndrich. Meine Aussage?

Winkler. (zeigt dem Fähndrich ein Papier) Hier ist die Vollmacht.

Fähndrich. Wozu? (sieht sie durch)

Wink-

Winkler. Es bedarf nur ihr Ja, oder Nein. Sie sollen sich erklären, ob der Verstorbene ein Testament hinterlassen hat —

Fähndrich. (betroffen) Ein Testament? (sucht das verbrannte Papier mit den Füßen fortzuschaffen) Das ich nicht wüßte! Die Commissarien haben ja vor kurzer Zeit alles entsiegelt, und weil kein Testament vorhanden war, mir als Bevollmächtigten von meiner Frau, dieß Haus und die ganze Verlassenschaft eingeräumt und überliefert.

Winkler. Das ist mir bekannt. Ihre Frau Gemahlin ist Erbin ab intestato, so bald kein Testament vorhanden ist, das anderweitig über des Erblassers Verlassenschaft disponirt. Hier kömmt es blos auf die Frage an, ob sie von keinem Testament Wissenschaft haben?

Fähndrich. Oh! nicht die geringste! (sucht noch immer das verbrannte Papier mit einiger Aengstlichkeit aus dem Gesichtskreise zu bringen.)

Winkler. Sind sie gesonnen, diese ihre Aussage vor Gericht eidlich zu bekräftigen.

Fähndrich. (wie oben) Mit Vergnügen! mit Vergnügen!

Wink.

Die Erbschaft.

Winkler. Herr Walch! Sie wissen ihre Pflicht —

Fähndrich. Es müßte denn ohne mein Vorwissen — —

Winkler. Das wird sich finden. Mein Auftrag geht nicht weiter, als mich über ihr Mitwissen zu befragen. Itzt erlauben sie — (steht auf)

Fähndrich. Wie? So schleunig?

Winkler. Meine Geschäfte — —

Fähndrich. Nach Belieben! Ich will sie nicht abhalten.

Winkler. Ergebener Diener Herr Fähndrich! (geht ab.)

Walch. Ganz gehorsamer Diener! (geht ab.)

Fähndrich. Pflichtsschuldigster Diener!

Achter Auftritt.

Fähndrich. Ein wahres Glück, daß der Bettel verbrannt ist, Todesangst hab' ich ausgestanden! Aber — diese Nachfrage — sollte vielleicht einer von den Zeugen geschwatzt haben?

ben? — Ich muß zu dem Licentiaten ohne Zeitverluſt — (nimmt Hut und Degen)

Neunter Auftritt.

Schmidt. Fähndrich.

Schmidt. (ängſtlich) Biſt du da, mein Sohn? Mit Schmerzen hab' ich dich geſucht —

Fähndrich. Was befehlen ſie?

Schmidt. Ich bin in einer entſetzlichen Unruhe. — Eben kam ich vom Präſidenten — Welcher Satan muß Mißtrauen ausgeſtreuet haben? Ich ſoll ohne Zeitverluſt die Caſſa überliefern, Rechnung ablegen —

Fähndrich. Das wird ihnen nicht ſchwer fallen —

Schmidt. Zu einer jeden andern Zeit — aber jetzt — —

Fähndrich. Sie erlauben Herr Vater! gewiſſe bringende Angelegenheiten — —

Schmidt. Was iſt itzt bringender als meine Angelegenheit, da es auf mein Glück, meine Ehre, meine Freyheit ankömmt? Ein Böſewicht hat mein Vertrauen gemißbraucht, mich nicht

nicht allein um mein Vermögen, sondern auch um meinen Vorschuß, den ich aus der königlichen Cassa machte, betrogen. Gott! wem soll man künftig in der Welt trauen?

Fähndrich. Meine Mama hat mich bereits davon unterrichtet.

Schmidt. Du bist jetzt in Umständen mein Sohn — Ich schäme mich — Aber welche Zuflucht bleibt mir sonst übrig? Alles verläßt mich! Deine Mutter hat ihr Vermögen verlohren, verpfändet; dein Bruder lebt selbst in dürftigen Umständen — Nur du bleibst mir übrig — Auf dich allein setz ich mein Vertrauen —! Deine Frau ist nunmehr eine reiche Erbin — verwende dich bey ihr für mein Bestes! — Nur ein Vorschuß von dreytausend Thaler! — Fleiß, Vorsicht und Oekonomie werden mir Gelegenheit geben, ihr diese Summe in kurzer Zeit wieder zu erstatten.

Fähndrich. Dreytausend Thaler? Wo denken sie hin, Herr Vater? Die Erbschaft ist allerdings beträchtlich, aber sie besteht hauptsächlich in liegenden Gründen.

Schmidt.

Schmidt. Auch in baaren Geldern — Obligationen — Ich weiß es. Und wär' es nicht, so kann sie ja leicht auf das ererbte Landgut, oder auf dieß Haus eine solche Kleinigkeit geliehen bekommen.

Fähndrich. Kleinigkeit? Vielleicht! Gegen übertriebene Zinsen! Doch — ich will versuchen, was ich vermag. Die Lage ihrer Sache — ich seh' es ein — fodert allerdings eine schleunige Hülfe — —

Schmidt. (ihn umarmend) O mein Sohn! der Himmel segne dich! bedenke, daß die Erhaltung meiner Ehre — meine ganze zeitliche Glückseligkeit — auf deinem Beystand beruhet! Ich sehe dich doch bald wieder?

Fähndrich. So bald, als möglich! (geht ab.)

Schmidt. Gottlob! So hab ich doch noch einen Freund! einen Freund, von dem ich's am wenigsten erwartete!

Dritter Aufzug.

(Zimmer des Kanzleyraths)

Erster Auftritt.

Winkler. Sophie.

Winkler. Ich habe ihn in Gegenwart eines Notarii befragt, aber er versicherte, daß kein Testament vorhanden wäre, er erbot sich sogar, es zu beeidigen.

Sophie. Mein Gott! Also nicht einmal ein Legat?

Winkler. Hoffen sie das Beste, Madame! Ich habe von dem bewußten Recepisse Gebrauch gemacht, und durch einen vertrauten Freund, das bey dem Rathe zu Hamburg niedergelegte Testament abfordern lassen. Es sind freylich schon vier Jahr, daß der Verstorbene das Testament deponirt hat, aber da nach dem eignen Geständniß des Fähndrichs kein neues Testament vorhanden ist, so bleibt das ältere in seiner

seiner Kraft, und wahrscheinlich hat der Verstorbene sie darinn bedacht.

Sophie. Wollte Gott! Damals hatte ich freylich noch einigen Antheil an seiner Zuneigung; aber seit der Zeit haben der Fähndrich und seine heuchlerische Frau mich gänzlich daraus verdrängt.

Winkler. Wir müssen den Ausgang in Geduld erwarten. Das Testament wird auf mein Ansuchen wo möglich noch heute publicirt. Bis dahin aber erbitte ich mir über diesen Punkt die genaueste Verschwiegenheit selbst gegen ihren Herrn Gemahl.

Sophie. Ich gebe ihnen mein Wort! Wie wird mein armer Karl erschrecken, wenn er das Unglück seines Vaters erfährt!

Winkler. Ist er noch nicht zurück?

Sophie. Nein! Ich erwartete ihn schon gestern; allein er schickte mir einen Boten — daß er Geschäfften halber noch einen Tag zugeben müßte — Ich weiß nicht, wie ich ihm alles mit einer guten Art beybringen soll — Der Verlust seines Vaters, den er auf das innigste liebt — unsre fehlgeschlagene Hofnung auf die

Erb-

Erbschaft! O Herr Winkler! Nicht aus Eigennutz — nur aus Liebe für meinen Karl — Nur, um seinen bedrängten Vater zu unterstützen, wünschte ich mir ein Vermächtniß! Ist sein Unglück schon bekannt?

Winkler. Die ganze Stadt ist, wie ein Lauffeuer davon unterrichtet. Er hat königliche Gelder angegriffen. Wie ich höre, ist schon eine Commission ernannt, seine Rechnung zu untersuchen.

Sophie. O Gott! Ich zittre —
Winkler. Ihr Herr Gemahl kommt —
Sophie. Mein Karl?
Winkler. Meine Geschäfte rufen mich. Sie erlauben — —
Sophie. Ich sehe sie doch bald wieder?
Winkler. Bald! (geht ab.)

Zweyter Auftritt.

Der Kanzleyrath. Sophie.

Kanzleyrath. Meine Sophie! Ich komme spät! Ich glaubte gestern Abends wieder einzutreffen; allein der Graf von Buchholz, für den ich

ich das Rittergut drüben erstanden habe, und der mit dem Kaufpreise ausserordentlich zufrieden war, ließ mich nicht von sich. Aber — — was fehlt dir, Kind? Du scheinst ja so niedergeschlagen? Munter meine Sophie! Hier ist Geld — fünfzig Louisd'or, die mir der Graf für meine Bemühung gegeben hat. Siehst du — und auch diese goldene Dose. — Hier meine Liebe hast du sie — Ich habe sie so gleich für dich zum Geschenk bestimmt und — hier — ist auch die Hälfte von dem Gelde — nun — die Hand her — aber dann auch keine finstere Laune mehr!

Sophie. O Karl! du meinst es so herzlich gut. Warum muß ich dir deine Freude verbittern — —

Kanzleyrath. Verbittern? Wodurch?

Sophie. Dein Vater — —

Kanzleyrath. Mein Vater — —?

Sophie. Ein Bösewicht hat ihn betrogen — und eine ansehnliche Summe, die er ihm aus der königlichen Kassa vorgestreckt hatte — Nun soll er Rechnung ablegen — die Commission ist schon ernannt.

Kanz-

Kanzleyrath. Mein Vater —?

Sophie. Wenn er nicht schleunige Mittel zur Erstattung vorkehrt, so steht er in Gefahr seiner Bedienung entsetzt zu werden.

Kanzleyrath. Gott was sagst du? Wie hoch beläuft sich denn der Verlust?

Sophie. Gewiß kann ich es nicht angeben; aber es muß sehr wichtig seyn, weil er ihn nicht aus seinen eignen Mitteln ersetzen kann.

Kanzleyrath. Und mein Bruder — —? Die Erbschaft — er ist freylich noch nicht im Besitz — —

Sophie. Allerdings ist er! Diesen Mittag sind die Siegel abgenommen worden, und weil kein Testament vorhanden war, so haben die Gerichte ihm als dem Bevollmächtigten von seiner Frau die ganze Verlassenschaft förmlich übergeben.

Kanzleyrath. Wie? kein Testament?

Sophie. Leyder!

Kanzleyrath. Und der Fähndrich ist einziger Erbe?

Sophie. O ich sah deine Verzweiflung vorher!

Kanzleyrath. Meine Verzweiflung? Nein, mein Kind! Der Streich fällt mir empfindlich, aber er ist nicht unerwartet. Ein Legat wünschte ich — nur eine geringe Summe — aber auch diese Hofnung ist vereitelt. Nun denn — Es sey! Es sey! Wir sind beyde noch jung — wer weiß, wo uns sonst noch ein Glück aufgehoben ist. — Nur mein Vater — mein armer Vater dauert mich!

Sophie. (blickt in die Scene) Der Fähndrich — —

Kanzleyrath. Gut, das er kömmt! Geh mein Kind! Laß uns — ich will mit ihm reden.

Sophie. Aber — —

Kanzleyrath. Sey unbesorgt! Ich weiß mich zu mäßigen. (Sophie geht nicht ohne Widerstreben fort)

Dritter Auftritt.

Fähndrich. Kanzleyrath.

Fähndrich. Nun Bruder, du bist wieder zurück?

Kanzleyrath. Wie du sieh'st!

Fähn-

Die Erbschaft.

Fähndrich. Recht zur gelegenen Zeit! Alles in Unordnung; ich bin nunmehr im Besitz der Lambertschen Erbschaft.

Kanzleyrath. Ich wünsche dir Glück, und das um so mehr, da sich eben itzt eine Gelegenheit ereignet, deine Liebe für meinen Vater thätig zu beweisen. Ohne Zweifel bist du von seinem Unglück unterrichtet?

Fähndrich. Die Sache ist eben von keiner Erheblichkeit —

Kanzleyrath. Nicht von Erheblichkeit? Da unser Vater in Gefahr ist, seiner Bedienung entsetzt zu werden?

Fähndrich. Als ein kluger Mann, und vorsichtiger Oekonom wird er schon Mittel finden —

Kanzleyrath. Durch deinen Beystand — allerdings!

Fähndrich. Durch meinen Beystand? Nun ja — in andern Angelegenheiten; aber hier — die Wahrheit zu gestehen — die Lage seiner Sache ist äusserst kitzlich! Man muß drüber nachdenken —

Kanzleyrath. Was nachdenken? Die Gefahr ist dringend! Hier ist Thätigkeit, einige Hülfe nothwendig!

Fähndrich. Freylich! Aber — was mich betrift — es thut mir leid — ich bedaure — daß ich bey allem guten Willen nicht im Stande bin —

Kanzleyrath. Nicht im Stande?

Fähndrich. Nur nicht so hitzig, Herr Bruder! Ich sage nein, aus Ursachen, aus wichtigen Gründen, wovon du vielleicht nicht unterrichtet bist.

Kanzleyrath. Die bin ich begierig zu hören.

Fähndrich. Eine der ersten ist, daß meine Frau die eigentliche Erbin der Lambertschen Verlassenschaft ist.

Kanzleyrath. So?

Fähndrich. Meine Absicht ist nicht zu streiten; ich kam hieher dich zu ersuchen, so bald als möglich eine andere Wohnung zu beziehen.

Kanzleyrath. Wie?

Fähndrich. Ich bin gesonnen mit dem Hause Verbesserungen vorzunehmen — es bequemer

mer aufzubauen — Wegen der Miethe könnt ich zwar eine Forderung machen, allein ich bin minder eigennützig, als es gewissen ǀLeuten gefällig ist, mir anzudichten; ich erlasse dir diese Summe.

Kanzleyrath. Edelmüthig! Aber Herr Fähndrich —

Fähndrich. Nicht so große Augen, Herr Canzleyrath! damit ist nichts ausgerichtet. Kurz! du räumst das Haus — je eher, je lieber — und wir sind geschiedne Leute.

Kanzleyrath. Gut, gut! Morgen mit dem frühsten! Aber — — wie mit unsern Aeltern?

Fähndrich. Das ist meine Sache.

Kanzleyrath. Eine Antwort, Fähndrich! Ich hoffe, du wirst doch so viel Gefühl von Menschlichkeit haben, wenigstens deine eigne Mutter nicht deinen stinkenden Geiz empfinden zu lassen.

Fähndrich. Stinkender Geiz? Bursche! Tintenklecker? Wer giebt dir das Recht zu solchen Ausdrücken?

Kanzleyrath. Nichtswürdiger! Wenn ich nicht meinen Vater schonte, auf mein Weib zurückdächte — —

Fähndrich. Da würde wohl ein entsetzliches Unglück ergehen! Weißt du wohl, mit wem du sprichst — und was ich bin?

Kanzleyrath. Ein bengelhafter Fils bist du, ein niederträchtiger Lotterbube, ein Auswurf deiner Familie, der sich in den Dienst des Königs geschlichen hat, die Uniform, die er trägt, schändet — —

Fähndrich. Und du — du bist ein Tagedieb, ein Ehrenschänder, ein Verschwender, ein Freymaurer, der nicht einmal verdient, daß ich mich so tief erniedrige, seinen dummen Stolz zu züchtigen.

Kanzleyrath. O lassen sie sich doch erbitten! ziehen sie, wenns gefällig ist! (er zieht) Wir müssen doch versuchen, ob ihr Arm so viel Behendigkeit zum Fechten besitzt, als ihre Zung zum Lästern —

Fähndrich. Wie? — Du unterstehst dich — —?

Die Erbschaft.

Kanzleyrath. Ohne Wortwechsel! Zieh Bärenhäuter!

Fähndrich. Ich ziehe nicht.

Kanzleyrath. Nicht? So weiß ich meine Schuldigkeit! (er fuchtelt ihn.)

Fähndrich. Was? was? In meinem eignen Hause? Zu Hülfe! zu Hülfe!

Vierter Auftritt.

Madame Schmidt. Vorige.

Mad. Schmidt. (von innen) Welch ein Lärm? Hänschen! Wo bist du?

Fähndrich. Hier, Mamachen! (stehet sich gegen die Thüre) Hier — man will mich ermorden.

Mad. Schmidt. (kömmt) Ums Himmelswillen — mein Sohn!

(Kanzleyrath zieht sich zurück.)

Fähndrich. Erlauben sie nur — (zieht den Degen) Ich will ihm zeigen — —

Mad. Schmidt. (fällt ihm in den Arm): Halt! halt ein!

Fähndrich. Wenn mich nicht die Achtung für meine Mama zurückhielte, so — —

Mad. Schmidt. Mein Engelchen! mein Püppchen! um alles in der Welt nicht! Was hast du denn mit deinem Bruder?

Fähndrich. Ich mit ihm nichts, aber er mit mir — —

Kanzleyrath. Ein bloser Scherz, Frau Mutter! Der Herr Fähndrich wollten nur versuchen, ob mein Pariser mehr Biegsamkeit, oder sein Schlager mehr Gewicht hätte.

Fähndrich. Glauben sie's nicht, Mama! Er hat mich geschimpft, wie den ärgsten Gassenbuben behandelt; aber ich will dich schon finden! Es giebt noch Gerechtigkeit im Lande.

Mad. Schmidt. Was? (zum Kanzleyrath) Und du wagst es, Bösewicht, meinen Sohn zu mißhandeln? Gleich geh mir aus den Augen, Meuchelmörder!

Kanzleyrath. Frau Mutter! es ist meine Pflicht zu gehorchen, aber eben so nothwendig ist es, ihnen zuvor den Anlaß unsrer Streitigkeit zu eröfnen. Die Lieblosigkeit meines

Bru-

Bruders gegen mich, gegen sie, gegen meinen Vater — —

Fähndrich. Ich lieblos?

Mad. Schmidt. Mein Sohn lieblos? So unverschämt!

Kanzleyrath. Sie sind zu aufgebracht! Genug! Hier kömmt es weniger auf wörtliche Rechtfertigung, als auf eine thätige schleunige Hülfe an; diese hängt itzt lediglich von der Freygebigkeit meines Bruders ab.

Fünfter Auftritt.

Schmidt. Vorige.

Schmidt. Kinder, ich bin verloren! Ohne Rettung! Man hat mir die Kassa abgenommen, meine Bücher, meine Rechnungen untersucht —. (erblickt den Fähndrich) Mein Sohn! hast du mit deiner Frau gesprochen? Will sie meine Bitte Statt finden lassen?

Fähndrich. Ich bin itzt zu aufgebracht, Herr Vater — — Erlauben sie nur, mich etwas zu erholen — (will fort)

Kanz-

Kanzleyrath. Nicht so, Herr Bruder—! Eine Antwort —

Fähndrich. Wie, Gewalt?

Schmidt. Kinder! ist es itzt Zeit zu nichtsbedeutenden Zänkereyen? Sprich, mein Sohn! — Darf ich hoffen — —

Fähndrich. Ich wünschte, daß es möglich wäre; allein — —

Schmidt. Nicht möglich?

Kanzleyrath. Nicht möglich?

Mad. Schmidt. Mein Sohn, du wirst doch nicht — —?

Fähndrich. An mir liegt die Schuld nicht, Mama! Auch nicht an meiner Frau. — Bedenken sie nur selbst — wir sind erst seit wenig Stunden im Besitz der Erbschaft, blutwenig baares Geld! alles Obligationen, Hypothekscheine, liegende Gründe —

Kanzleyrath. Man kann darauf leihen; gieb mir nur eine Vollmacht — —

Fähndrich. Dir?

Schmidt. Nicht doch, mir — mir mein Sohn!

Die Erbschaft.

Fähnbrich. Aber Papa! Der Geldmangel ist zu groß, zu allgemein —

Schmidt. O Gott, ich bin verloren!

Mad. Schmidt. Mein Kind! Hänschen! aus Liebe zu mir —! Denk nur nach, welche Beschimpfung für mich, für dich, für die ganze Familie, wenn dein Vater auf die Vestung gebracht würde — —!

Fähnbrich. Sie quälen mich, Mama! Mit einem Worte — ich kann mein Vermögen nicht verkümmern —

Schmidt. Ich mußt' es erwarten! Gefühllos — undankbar — —! (geht trostlos umher) An wen soll ich mich wenden?

Mad. Schmidt. Liebes, bestes Hänschen! thu es mir dießmal! um meinetwillen! Ich bin mit Schuld an dem Unglück! (weint) Wer hätte das denken sollen! Liebes Hänschen! laß dich erweichen.

Kanzleyrath. Sie erniedrigen sich umsonst Frau Mutter! Er bleibt unerbittlich! sein höllischer Geiz erstickte längst alles Gefühl von kindlicher Liebe, Ehre und Rechtschaffenheit — —

Fähn-

Fähndrich. Herr Kanzleyrath! ich danke ihnen für ihre Empfehluug, aber ich ersuche sie zugleich nebst ihrer theuren Hälfte, dieß Haus ohne Zeitverlust zu räumen.

Kanzleyrath. Morgen mit dem frühsten soll ihr Wink erfüllt werden, Herr Fähndrich! Bis dahin aber ist das Zimmer das meinige, (an den Degen greifend) und werd es zu behaupten wissen.

Schmidt. Bösewicht!

Kanzleyrath. Mäßigen sie ihren Zorn, mein Vater! Der Bube verdient nicht, daß sie sich seinetwegen ereifern —

Fähndrich. Geduld! Geduld! Es giebt noch Gerechtigkeit im Lande —

Kanzleyrath. Herr Fähndrich! Seh'n sie — (faßt ihn bey den Schultern, und wendet ihn nach der Thüre) diese Thüre, die Thüre meines Zimmers — betrachten sie sie wohl —! und auch die Fenster hier — sie können wählen, durch welche Oeffnung sie Gerechtigkeit suchen wollen.

Schmidt. Mein Sohn!

Fähndrich. Was? Was? (sucht sich los zu winden)

Kanz-

Kanzleyrath Aus Achtung für meinen Vater — Hieher Wurm! Durch die Thüre! Und wehe dir, wenn du dich wieder in diesem Zimmer blicken läßt! (schiebt den Fähnrich zur Thür hinaus)

Sechster Auftritt.

Schmidt. Mad. Schmidt. Kanzleyrath.

Mad. Schmidt. Wie? Meinen Sohn —!

Kanzleyrath. Er verdient keine beßre Behandlung! Jeden Frevel an mir, würd' ich ihm verzeih'n, aber sein niedriger Geiz, die freche Art, mit der er sich entlarvt, seine Gefühllosigkeit ankündigt —

Mad. Schmidt. Ich kann's nicht glauben! Er kann nicht so hartherzig seyn; er ist nur durch deine Schimpfreden so aufgebracht worden. Ich muß ihm nach; ich will versuchen, obs nicht möglich ist, ihn wieder zu besänftigen.

(geht ab)

Sieben-

Siebenter Auftritt.

Schmidt. Kanzleyrath.

Kanzleyrath. Oder ihn vielmehr in seinem Frevel zu bestärken, sich selbst zu erniedrigen —

Schmidt. Du gehst zu weit, mein Sohn! Deine Uebereilung verschlimmert deine Sache, und auch die meinige.

Kanzleyrath. Verschlimmern? Was kann ich, was können sie noch befürchten? Verweigert er ihnen nicht allen Beystand, der Niederträchtige?

Achter Auftritt.

Ein Bothe. Vorige.

Bothe. (eilig mit einem Billet, so er dem Commissionsrath überreicht)

Schmidt. Von wem?

Bothe. Lesen sie, aber bald!

Schmidt. Bedarf es einer Antwort?

Bothe. Keiner. (eilig ab.)

Die Erbschaft.

Neunter Auftritt.

Schmidt. Kanzleyrath.

Schmidt. (öfnet ängstlich das Billet, und liest) „Retten sie sich, ohne einen Augenblick zu „verweilen! Die Wache ist bereits beordert, sich ihrer zu bemächtigen — —

Kanzleyrath. O Gott! eilen sie mein Vater! Ich will sie begleiten —

Schmidt. Der Grausame konnte mich retten, der Schande entreissen —

Kanzleyrath. Fort, fort mein Vater! hier — hier ist Geld, so mir das Glück zur gelegenen Zeit zugewandt. — Eilen sie!

Schmidt. Sohn! (ihn umarmend) mein treuster, theurer Sohn! Leb wohl! tröste deine Mutter — und keine Rache an deinem Bruder! Ich beschwöre dich darum; ich befehl' es dir!

Kanzleyrath. Ich begleite sie mein Vater! Nur fort! fort!

Zehnter Auftritt.

Mad. Schmidt. Vorige.

Mad. Schmidt. (eilig, kann kaum reden) Hurtig! hurtig! (winkt mit beyden Händen, daß ihr Mann sich entfernen soll) Sie kömmt — sie kömmt —

Schmidt und Kanzleyrath. (zugleich) Die Wache?

Mad. Schmidt. Sie kömmt — die Treppe herauf — fort!

Schmidt. Wohin? wohin?

Mad. Schmidt. Um Gotteswillen —! Hinunter — hier — durch die Thüre —

Schmidt. Dort — zu spath!

Eilfter Auftritt.

Ein Unterofficier. Wache. Vorige.

Unterofficier. Sind sie der Commissionsrath Schmidt?

Schmidt. Ja, mein Herr!

Unterofficier. Sie werden mir folgen. Hier ist die Order.

Schmidt.

Die Erbschaft.

Schmidt. (nachdem er sie angesehen) Ich bin bereit. (zu Mad. Schmidt) Was sagt der Fähnbrich?

Mad. Schmidt. Er ist ausgegangen.

Unterofficier. Mein Herr —

Schmidt. Ich folge! Karoline —! mein Sohn —! (umarmt beyde) rechtschaffner Sohn! nimm meinen Segen!

Mad. Schmidt. Ach Gott! } zugleich.
Kanzleyrath. Mein Vater! }

Unterofficier. Mein Herr! es thut mir leid, aber, meine Pflicht — der Befehl —

Schmidt. Unverzüglich! Karoline! mein Sohn! laßt mich! ich muß! (reißt sich aus ihren Umarmungen los und eilt ab. Unterofficier und Wache folgen.)

Mad. Schmidt. Ach Gott! Gott! Hülfe! Hülfe! nur dasmal Hülfe! (eilt ihnen nach)

Zwölfter Auftritt.

Kanzleyrath. (allein) Zu spät! Die Gerechtigkeit ist unerbittlich! ein schleuniger Ersatz allein vermag ihn zu retten. Aber woher? Ohne

Vermögen! ohne Freunde! — (unruhig auf und abgehend und plötzlich einhaltend) ohne Freunde? (nach einigem Stillschweigen) Eine ehrwürdige Gesellschaft, deren erste Pflicht Menschenliebe, Wohlthun ist — sind das nicht meine Freunde? meine Brüder? — Aber ich — Neuling in diesem erhabnen Orden — hab ich Verdienst genug um ihre Wohlthaten? Und ein so wichtiges Bedürfniß! (nach einigem Nachdenken mit Entschlossenheit) Ich will es wagen, die Natur soll reden, die Empfindungen meines Herzens werden überströmen; sie werden, sie müssen mich hören, sie werden ihr gefühlvolles Herz zum Wohlthun öffnen — und! ich — ich werde durch diesen Weg das überschwengliche Glück geniessen, meinem Vater Ehre und Freyheit wieder zu erhalten.

Vierter Aufzug.

(Zimmer des Kanzleyraths.)

Erster Auftritt.

Sophie. Lieschen.

Sophie. Alles umsonst! Man hat mich überall abgewiesen. Ein einziger war geneigt, die Summe gegen einen Wechsel herzugeben, aber der Bösewicht drang für diese Gefälligkeit auf eine Belohnung, an die ich nicht ohne Erröthen denken kann.

Lieschen. Die abscheulichen Menschen!

Sophie. Wo ist mein Mann?

Lieschen. Er gieng bald nach ihnen fort! Ich vermuthe — dahin — sie wissen wohl —! An dem heutigen Tage haben sie alle Monat ihre Zusammenkunft.

Sophie. Aber itzt — zu einer solchen Zeit —! War Herr Winkler hier?

Lieschen. Ja eben, da der Herr Kanzleyrath fortgieng; er brachte die Kaufsumme von ihrem Garten, und von den Pretiosen, die aber, wie er sagte, kaum zur Hälfte hinreichte, den Papa zu retten. Der Herr Kanzleyrath nahm das Geld, und gieng eilig damit fort — und Herr Winkler trug mir auf, ihnen ins geheim zu melden, daß es mit der bewußten Sache guten Fortgang hätte — er hoffte in einer Stunde höchstens wieder hier zu seyn; er wollt' mir aber nicht sagen, was es eigentlich beträfe —

Sophie. Ich weiß es! Wollte Gott! er käme bald, und brächte gute Nachricht —

Lieschen. Der Fähndrich — — —

Zweyter Auftritt.
Fähndrich. Vorige.

Fähndrich. Nun Madame! noch alles so ruhig?

Sophie. Ruhig?

Fähndrich. Ich habe mich erklärt, Madam! Noch heute müssen diese Zimmer geräumt werden.

Sophie. Noch heute?

Fähndrich. Ja, Madame, noch heute! noch diesen Abend! Und wenn sie nicht Anstalten vorkehren, so werde ich ihnen die Mühe ersparen, aber auf ihre Kosten versteht sich!

Sophie.

Die Erbschaft.

Sophie. Eine solche Handlung sieht ihnen ähnlich! aber die Ursache.—? Warum so schnell?

Fähndrich. Mich wegen der Gewaltthätigkeit ihres Mannes in Sicherheit zu setzen —

Sophie. Gewaltthätigkeit —?

Fähndrich. Nichts wenigers, Madame! er hat mich vorhin als ein Meuchelmörder überfallen. Ich will weder einen Mörder noch einen Spion in meinem Hause dulden. — Kurz wir sind geschiedene Leute.

Sophie. Mein Gott! Wohin? So plötzlich?

Fähndrich. Wohin sie wollen Madame! Es giebt Herbergen die Menge.

Sophie. Ich seh's; sie haben allem Gefühl von Menschlichkeit entsagt; aber je höher sie die Unbilligkeit treiben, je mehr verachte ich sie.

Fähndrich. Madame!

Sophie. Genug mein Herr! ich weiß ihr Verlangen. So bald mein Mann zurückkömmt, werd ich es ihm eröffnen; bis dahin ersuche ich sie mich nicht weiter zu beunruhigen. (geht ab, Lieschen folgt ihr.)

F 4 Fähn-

Fähndrich. Ey wie stolz! ich hoffe aber die Frau Kanzleyräthin sollen bald gelindere Saiten aufspannen.

Dritter Auftritt.

Mad. Schmidt. Fähndrich.

Mad. Schmidt. Wo steckst du denn Hännschen? Ich suche dich überall. Eben waren Gerichtspersonen da, die haben alles versiegelt.

Fähndrich. Sehr natürlich!

Mad. Schmidt. Was wird daraus werden, wenn das so fortgeht?

Fähndrich. Ein Conkurs, Mama!

Mad. Schmidt. Ungerathenes Kind! du hättest uns diese Prostitution ersparen können!

Fähndrich. Haben der Herr Commissionsrath gesündiget, so mögen der Herr Commissionsrath auch büßen. Ich wasche meine Hände in Unschuld.

Mad. Schmidt. Mein armer unglücklicher Mann! Wie ich höre, so wird er diese Nacht auf eine Vestung gebracht —

Die Erbschaft.

Fähndrich. Wie die Arbeit, so der Lohn!

Mad. Schmidt. Unmensch! und du kannst das alles so gelassen mit ansehen? Wer weiß, was dir noch aufbehalten ist; auch einige von deinen Zimmern, auch die Lambertschen Zimmer sind versiegelt; man hat sogar Wache davor gestellt —

Fähndrich. Wie? meine Zimmer? die Lambertschen Zimmer? Ah! ich versteh! die Sache ist im Grunde sehr natürlich! Die Gerichte müssen sich des ganzen Hauses versichern, weil sie nicht wissen können, welches eigentlich die Zimmer des Commissionsraths sind — Das Zeugniß der Bedienten ist verdächtig.

Mad. Schmidt. Eine solche Beschimpfung! wer hätte das denken sollen —? So öffentlich! wie wird sich nicht die stolze Kriegsräthin kitzeln? Das Weib würdigte ich sonst nicht einmal über die Schultern anzusehen, weil sie mirs in allem gleich thun wollte, und die Kanzleyräthin vollends —! Ach! den Schimpf werd ich nicht erleben.

Fähndrich. Das stellen sie sich nur so vor, Mama! es sitzen so viele brave Männer auf der Festung, und ihre Weiber leben deswegen doch frisch und gesund.

Mad. Schmidt. Aber mein Mann! mein armer Mann!

Fähndrich. Laßen sie ihn immer die Cur aushalten; sie ist ihm heilsamer, als sie glauben. Gesetzt, es fände sich ein gutherziger Narr, der eine so ansehnliche Summe für seine Befreyung hergeben wollte, glauben sie denn, daß er sich im geringstern ändern würde? Einmal ist er zur Verschwendung gewöhnt — ein paar Jahre Wohlleben — und er stünde wieder auf dem nemlichen Punkt, wo er itzt steht. Nein Mama! besser ist besser! die Schule wird ihn zur Erkenntnis bringen.

Mad. Schmidt. Und was soll aus mir werden? Glaubst du denn, daß man mir das geringste laßen wird? Alles gehört ja meinem Manne; ich habe ihm nicht einen rothen Heller zugebracht.

Fähndrich. Vor der Hand können sie bey mir bleiben und meine Wirthschaft führen; meine Frau ist so immer kränklich — und mit der Zeit will ich sehen, daß ich sie, durch Fürspruch guter

Die Erbschaft.

guter Freunde irgend in einer Stiftung unterbringe, wo sie ihre Tage geruhig beschliessen können. -

Mad. Schmidt. Was? ungerathenes Kind! in eine Stiftung? deine Mutter — in eine Stiftung?

Fähndrich. Warum nicht? ich sehe dabey kein so großes Unglück! — sie werden doch nicht, nachdem was vorgefallen ist, so auf dem alten Fuße fortleben wollen? Wenn sie Vermögen besitzen — nach Belieben! aber auf meine Kosten — das werd ich mir in Gnaden verbitten.

Mad. Schmidt. Ist es so weit mit mir gekommen? Ha Unmensch! du öffnest mir die Augen.

Fähndrich. Frau Mutter! ihre Laune macht sie unerträglich! was sollen die Vorwürfe? Stellen sie sich doch nicht anders, als wenn sie mir zu Liebe des ganzen heiligen römischen Reichs Wohlfahrt aufgeopfert hätten; und sie thaten im Grunde doch nichts mehr, als was sie als Mutter thun mußten, und was so viele andere Mütter thun. Vielleicht ein wenig

mehr

mehr getändelt; diese Kinderey ist abgeschmackt, und mir war sie schon längst zum Ekel geworden. In Zukunft würde ich sie ohnedies verbeten haben.

Mad. Schmidt. Wie Undankbarer! so vergiltst du meine Liebe? O Gott! welch eine Demüthigung! Doch ich habe sie verdient, weil ich so unbesonnen war, meine Zärtlichkeit an ein solch Ungeheuer zu verschwenden.

Fähndrich. Frau Mutter!

Mad. Schmidt. Deine Mutter? verwünscht sey die Stunde, in der ich dich zur Welt gebahr — verwünscht sey meine Liebe für dich! Ich will gehn, meinem unglücklichen rechtschaffnen Mann, den ich ins Verderben gestürzt habe, ins Gefängniß folgen, sein Elend mit ihm theilen. Aber Gott! wenn man mir auch diese Wohlthat verweigerte? Gut! so will ich andern ähnlichen Müttern ein Beyspiel seyn — ich will mein Brod vor den Thüren suchen — auch vor der Deinigen, und zu deiner Schande ausrufen: Hier — dieß ist das Haus meines Sohns — meines Sohnes, der mich von sich stieß! (geht ab.)

Vier-

Die Erbschaft.

Vierter Auftritt.

Fähndrich. Wenn sie so befehlen, Frau Commissionsräthin! — denn Mutter darf ich sie nach den Ehrentiteln und Verwünschungen, womit sie mich zu überhäufen geruhen, wohl nicht mehr nennen. Gut, Madame, daß sie von selbst den Entschluß gefaßt haben — versuchen sie's eine Zeitlang —! Aber über dem Geschwätz hätte ich beynah die Hauptsache vergessen — die Versieglung. Ich will doch nimmermehr hoffen, daß der Licentiat einen dummen Streich gemacht hat —

Fünfter Auftritt.

Lieschen. Fähndrich.

Lieschen. (eilig) Wo ist denn die Frau Räthin?

Fähndrich. Fort! Was giebts?

Lieschen. Ach Freude! Freude! Herr Fähndrich!

Fähndrich. Wie so?!

Lieschen. Der Herr Papa ist wieder da.

Fähn-

Fähndrich. Was? Wer?

Lieschen. Verstellen sie sich nur nicht, Herr Fähndrich! Nun bin ich ihnen wieder recht gut, nach einer so edlen Handlung.

Fähndrich. Edle Handlung?

Lieschen. Da kömmt er, da kömmt er!

Sechster Auftritt.

Schmidt. Vorige.

Schmidt. (eilt dem Fähndrich entgegen, und umarmt ihn) O mein Sohn!

Fähndrich. (befremdend) Herr Vater!

Lieschen. Ich muß sie suchen, die ganze Familie muß beysammen seyn. (eilt ab.)

Schmidt. Verzeih, mein Sohn! verzeih! Ich hielt dich für geizig, für lieblos — und du bewürkst meine Freyheit! Aber wo ist meine Frau? meine theure Karoline? wo Karl? Wo Sophie? Komm mein Sohn, sie müssen Zeugen meiner Freude seyn — komm! ich kann nicht eher ruhig seyn, nicht eher mein Glück, meine Freyheit genießen, bis ich mich im Zirkel meiner

Die Erbschaft.

ner ganzen Familie befinde, bis ich dich ihnen als meinen Wohlthäter vorgestellt habe.

Fähndrich. Erlauben sie Herr Vater! gewisse dringende Geschäfte — —

Schmidt. Nein, mein Sohn! du mußt mir folgen, meine Freude nicht stören — —!

Fähndrich. Wenn sie es denn so befehlen! (für sich) Unbegreiflich!

Schmidt. Ohne weitere Umstände! Komm (ergreift die Hand des Fähndrichs und eilt mit ihm ab) komm mein theurer Sohn! (beyde geh'n ab.)

Siebenter Auftritt.

Sophie. Winkler. Walch.

Winkler. Sie sind fort!

Sophie. Aber ich begreife nicht — sollte der Fähndrich in der That — —?

Winkler. Nein beste Freundin! gewiß nicht! Haben sie nur Geduld, bis ihr Herr Gemahl zurück kömmt, so erklärt sich das Räthsel von selbst auf. Lieb wäre es mir indeß, wenn der Commissionsrath noch eine kurze Zeit in dem

Irr-

Irrthum bliebe, um den Nichtswürdigen in der Folge zu beschämen.

Achter Auftritt.

Wilhelm. Vorige.

Wilhelm. Wird der Licentiat erscheinen?

Wilhelm. So gleich!

Winkler. Er hat ihn doch im Namen des Fähndrichs ersucht?

Wilhelm. Wie sie mir aufgetragen haben.

Winkler. Gut! wenn er kommt, so sag er nur, der Fähndrich befände sich hier in diesem Zimmer, weil die andern versiegelt wären — —

Wilhelm. Ganz wohl! (geht)

Winkler. (zu Sophien) Eilen sie indeß, und suchen sie durch ihre Gegenwart alle Erläuterungen zwischen dem Herrn Commissionsrath und dem Fähndrich zu verhindern. So
bald

Die Erbschaft.

bald unser Verhör in Richtigkeit ist, werde ich sie insgesammt hieher einladen lassen — —

Sophie. Je eher, je lieber! denn die Verstellung wird mir schwer fallen. (geht ab.)

Neunter Auftritt.

Winkler. Walch.

Winkler. Es ist nothwendig alle mögliche Vorsicht zu brauchen — der Rabbulist und der Fähndrich sind gleich schlau und boshaft.

Walch. Vorzüglich müssen wir zu erforschen suchen, ob der Fähndrich das abgeläugnete Testament vernichtet hat.

Winkler. Allerdings! das ist die Hauptsache! Wenn allenfalls der Herr Licentiat der List ausweichen sollten: so habe ich bereits Anstalten getroffen, ihn durch handgreifliche Zuredungen zum Geständniß zu bringen.

Zehnter Auftritt.

Wilhelm. Vorige. (gleich darauf) **Dunst.**

Wilhelm. Der Licentiat —

Winkler. Hurtig! laß er ihn herein, und bleib er mit seinen Gehülfen an der Thüre —! er weiß seinen Auftrag.

Wilhelm. Ganz wohl! (öfnet die Thüre) Belieben sie nur herein zu treten.

Dunst. (im Hereintreten) Gehorsamer Diener! (sieht sich herum) Wo ist denn der Herr Fähndrich?

Wilhelm. Er wird gleich hier seyn. Verziehen sie nur einige Augenblicke.

Winkler. Treten sie näher, Herr Licentiat! ich habe mit ihnen zu reden.

Dunst. Was steht zu Befehl?

Walch. Auch ich Herr Licentiat?

Dunst. Auch sie? Mit Vergnügen! mit Vergnügen! aber gegenwärtig — sie werden erlauben — (will gehen)

Wink

Die Erbschaft.

Winkler. (ergreift ihn bey der einen Hand) Nur um wenig Augenblicke — —

Walch (ergreift ihn bey der andern Hand) Nur um einige Minuten.

Dunst. Wenn sie befehlen — (sieht einen nach dem andern an.)

Winkler. Setzen sie sich!

Walch. Setzen sie sich! (bringt Stühle)

Dunst. O! ich bin nicht müde! nur kurz — —

Winkler. Auch stehend! Sagen sie mir doch Herr Licentiat — das Testament, welches der verstorbene Lambert kurz vor seinem Ende eigenhändig niedergeschrieben —

Dunst. Ein Testament?

Winkler. Welches von sieben Zeugen unterschrieben —

Dunst. Unterschrieben?

Winkler. Und in seinem Cabinet im Schreibpulte versiegelt von ihm niedergelegt — —

Die Erbschaft.

Dunst. Im Schreibpulte?

Winkler. Vom Fähndrich Lindner aber nben, und wegen einiger Legata schändlich erdrückt worden —

Dunst. Unterdrückt worden?

Winkler. Hätten sie davon keine Nachht?

Dunst. Nachricht? Ich?

Winkler. Sie!

Dunst. Sie belieben zu scherzen!

Winkler. Auch nicht von hundert Thaler, die jeder von den sieben Zeugen erhalten soll, um die Existenz des Testaments zu verschweigen?

Dunst. Bewahre der Himmel! Aber die Zeit vergeht — ich eile —

Walch. Bleiben sie!

Winkler. Von allem diesem hätten sie keine Nachricht?

Dunst. Nicht die allergeringste!

Wink.

Winkler. Auch nicht von vier handfesten Taglöhnern, die vor der Thür postirt stehen?

Dunst. (erschrocken) Was? — — Wie? — — Vier handfeste — Thüren — — postirt — —?

Winkler. Die mit tüchtigen Prügeln versehen —

Dunst. Mit Prügeln?

Winkler. Und wenn der Herr Licentiat Dunst ihre Spitzbüberey nicht im gutem bekennen, ihn bey seiner Entfernung zu einem kleinen Soupee einladen werden.

Dunst. Einem Soupee? — — meine Herren — ich bitte — —

Winkler. Kurz, mein Herr! wir sind, wie sie leicht begreifen können, von allem unterrichtet; wir wollen blos ihr Geständniß.

Dunst. Wie, meine Herren —? Wissen sie, wen sie vor sich haben?

Die Erbschaft.

Winkler. Einen Rabbulisten, einen Betrüger, einen reifgewordenen Galgenschwengel, dem wir aus besonderer Nachsicht, noch eine Minute erlauben, unter hundert Dukaten und hundert Stockprügeln zu wählen — (zieht die Uhr heraus)

Dunst. Aber meine Herren — —

Winkler. Eine Erklärung! — (auf die Uhr sehend)

Dunst. Ich weiß nicht — was für ein Recht — —

Winkler. (wie oben) Noch zwanzig Sekunden —

Dunst. Ich sehe wohl, meine Herren, sie habens drauf angelegt —

Winkler. (noch einige Augenblicke auf die Uhr sehend) Endlich! (steckt die Uhr ein, und geht nach der Thür)

Dunst. Halten sie — ich will — wenn es denn seyn muß —

Walch

Die Erbschaft.

Walch. Kurz, und ohne Zurückhaltung!

Dunst. Aber die Versicherung?

Winkler. (zurückkommend) Mein Wort und das Zeugniß dieses Mannes!

Dunst. Also hundert Dukaten?

Winkler. Gegen ein reines aufrichtiges Geständniß — Zug für Zug!

Dunst. Nun denn — die Wahrheit zu gestehen — es verhält sich alles so, wie sie vorhin zu erwähnen beliebten —

Winkler. Gut! und wo ist das Testament?

Dunst. Das hat der Herr Fähndrich, wie er mir versichert, sogleich verbrannt.

Winkler. Verbrannt?

Dunst. Leyder!

Winkler. Lassen sie sich das nicht leyd seyn! Desto besser für uns! Nun ist noch nothwendig,

wendig, daß sie den Fähndrich in unsrer und der ganzen Familie Gegenwart von seiner Verrätherey überzeugen.

Dunst. Ich?

Winkler. Allerdings!

Dunst. Aber ich — ich bin selbst dazu — — aus bloßer Freundschaft — behülflich gewesen. —

Winkler. Eben dadurch haben sie uns den grösten Dienst erwiesen. Also ihr Zeugniß — gegen den Fähndrich! ihm grade vor der Stirne.

Dunst. Wenn es seyn muß!

Eilfter Auftritt.

Wilhelm. Vorige.

Wilhelm. Der Fähndrich —

Dunst. O weh!

Wink.

Die Erbschaft.

Winkler. Treten sie zurück, daß er sie nicht bemerkt, und wagen sie es nicht, ohne meine Bewilligung nur einen Schritt zur Thüre hinaus zu thun; sie werden sonst auf die bewußte Art empfangen.

Dunst. Ganz wohl! (zieht sich in einen Winkel zurück.)

Winkler. (zu Wilhelm) Er bleibt in der Nähe.

Zwölfter Auftritt.

Fähnbrich. Vorige.

Winkler. Gehorsamer Diener Herr Fähnbrich —

Fähnbrich. (sieht sich herum) Ihr Diener! — Wo ist er denn?

Winkler. Wen suchen sie, wenn ich fragen darf —?

Fähnbrich. (zu Wilhelm) Hast du nicht den Licentiaten geseh'n?

Wilhelm. Bewahre!

Fähndrich. (vor sich) Sein Schreiber sagte mir doch ——

Winkler. Vor allen Dingen wünschen wir ihnen Glück! —

Fähndrich. Glück? Wozu?

Winkler. Zu der wiedererlangten Freyheit des Herrn Commissionsraths.

Fähndrich. Ich danke. (zu Wilhelm) Du — gieb acht! wenn der Licentiat kömmt, so melde mirs!

Wilhelm. Gut! (er geht, bleibt aber im Grunde der Bühne stehn)

Winkler. Diese edle Handlung macht ihnen Ehre —

Fähndrich. Mir?

Winkler. Ohne Zweifel sind sie der großmüthige Unbekannte, der die Schuld ihres
Herrn

Die Erbschaft.

Herrn Vaters durch baaren Vorschuß getilgt hat?

Fähndrich. Nein, mein Herr! Ein so grosmüthiger Esel bin ich nicht — Sagen sie mir nur, was ihr eigentliches Anbringen ist; ich habe Geschäfte —.—

Winkler. Geschäfte? Das thut uns leid! wir werden uns einige Geduld erbitten müssen.

Fähndrich. Nur kurz!

Winkler. Wir kommen im Namen einer hohen Obrigkeit — —

Fähndrich. Wieder eine hohe Obrigkeit — —?

Winkler. Bey ihnen nochmals anzufragen, ob in dem Lambertschen Verlaß kein Testament von ihnen vorgefunden ist?

Fähndrich. (vor sich) Ich möchte gleich des Teufels werden!

Winkl.

Winkler. Nun?

Fähndrich. Was sollen alle diese Anfragen? Hat ihre Obrigkeit nicht so gleich noch bey dem letzten Athemzuge des seligen Lamberts alles sorgfältig versiegelt und heute bey der Entsieglung alles aufs genaueste durchsuchen lassen?

Walch. Allerdings! ich war dabey gegenwärtig.

Fähndrich. Haben sie ein Testament gefunden?

Walch. Nein —!

Fähndrich. Nun — ich noch vielweniger!

Winkler. Also befindet sich kein Testament in der Verlassenschaft?

Fähndrich. Nein, nein, nein! und noch tausendmal Nein!

Wink.

Winkler. Wollen sie das beschwören?

Fähndrich. Mit hundert Eyden, wenns erfordert wird.

Walch. Ihr Handschlag ist genug!

Fähndrich. Das sind Lügner und Betrüger, und schändliche Verläumder, die der Obrigkeit so etwas ins Ohr setzen.

Walch. Allerdings! so bald es so schändliche Unwarheiten sind, die man mit frecher Stirne lügt. Da also kein Testament in der Lambertschen Verlassenschaft existirt, welche Aussage von ihnen an Eydesstatt mit einem Handschlage an mich, den Notar bekräftigt worden ist; so hab' ich die Ehre und Vollmacht, ihnen und ihrer ganzen werthen Familie im Namen einer hohen Obrigkeit ein anderweitiges Testament zu publiciren. (zu Wilhelm) Mein Freund ersuch er doch den Commissionsrath und den Herrn Kanzleyrath nebst ihren Gemahlinnen un-

ver-

verzüglich hieherzukommen — Auch die Bedienten müssen erscheinen.

Wilhelm. Gut! (geht ab.)

Dreyzehnter Auftritt.

Winkler. Walch. Fähndrich.

Fähndrich. (für Entsetzen starr) Ein Testament?

Walch. Ein Testament, Herr Fähndrich, welches der Verstorbene vor vier Jahren beym Rathe zu Hamburg niedergelegt hat, wozu ich das Testament verfertigt habe, und worüber ihre wertheste Frau Schwägerin die Frau Kanzleyräthin ein Recipisse erhalten hatte.

Fähndrich. Ein Testament?

Winkler. Beunruhigen sie sich nicht, Herr Fähndrich! sie sind unschuldig in der Sache; sie haben deßhalb keinen Meyneid begangen, sondern blos betheuret, daß in dem Lambertschen Nachlaß kein Testament befindlich wäre; von die-

Die Erbſchaft.

dieſem ältern Teſtament hatten ſie ja keine Nachricht!

Fähndrich. Wollte Gott, ich hätte Nachricht davon gehabt! Verfluchter Dunſt! du haſt mich dazu verleitet!

Vierzehnter Auftritt.

Schmidt. Mad. Schmidt. Kanzleyrath. Sophie. Lieschen. Johann. Wilhelm. Bediente. Vorige.

Winkler. (zu den Bedienten) Stühle!

(Die Bedienten bringen Stühle. Alle ſetzen ſich, und beobachten ein tiefes Stillſchweigen.)

Walch. Verzeih'n ſie allerſeits; daß ich ſie habe herbemühen müſſen; es geſchieht im Namen einer hohen Obrigkeit, um ihnen ein Teſtament des ſeligen verblichenen Lamberts, ſo er vor vier Jahren bey dem Hamburger Magiſtrat niedergelegt hatte, zu publiciren. Es iſt

zwar

zwar nur die Abschrift des auf dem Rathhause befindlichen Originals; allein sie ist gehörig, und gerichtlich revidirt und vidimirt.

Fähndrich. (seufzt)

Walch. (langt die Abschrift hervor und liest) „Kund und zu wissen sey hiedurch, daß heute „Freytags, war der zwölfte Tag des Monats „May des 1777sten Jahres ꝛc.ꝛc. Die Formalitäten, und was eigentlich zur Hauptsache nicht gehöret, wollen wir mit ihrer allerseitigen Erlaubniß übergehen — (alle verbeugen sich) Also — hm — (liest) „setze ich ein zur Univer- „salerbin meines gesammten Vermögens, es be- „stehe in beweglichen, oder unbeweglichen Gü- „tern, in Capitalien, oder worinn es sonst wolle, „nichts davon ausgeschlossen — meine Nichte „Sophie Schmidtin, geborne Wagnerinn —

Fähndrich. Was? was lesen sie?

Walch. Seh'n sie selbst, Herr Fähndrich —

Sophie.

Die Erbschaft.

Sophie. O Gott! ists möglich?⎫ (fast zugleich
Kanzleyrath. Meine Sophie! ⎬ in einer freu-
Schmidt. Mein Sohn! ⎭ digen Auf-
wallung.

Mad. Schmidt. Welche Veränderung!

Fähndrich. Ohne Ausnahm —? Ohne Legat? (er sinkt zurück)

Mad. Schmidt. Mein Sohn —! Was kömmt dir an? Er stirbt! Hier — (hält ihm ein Fläschchen vor) Willst du englisch Salz?

Fähndrich. Die ganze Erbschaft! Ach!

Kanzleyrath. Beruhige dich mein Bruder —

Fähndrich. Beruhigen? Erhenken! Ersäufen!

Schmidt. Mein Sohn!

Fähndrich. (ohne darauf zu hören) Alles, alles durch meine Schuld —

Winkler. Herr Fähndrich! Sie wissen noch nicht alles —

Fähndrich. Nicht alles? Was kann ich noch erfahren?

Winkler. Die Strenge der Gesetze, wenn keine Vorbitte statt findet. Sie haben aus Geiz die Gerechtigkeit hintergangen.

Fähndrich. Die Gerechtigkeit?

Winkler. Ja Herr! zu ihrer ewigen Schande, zu ihrem gröſten Schaden — Sie haben gelogen, fälschlich geschworen, daß kein Testament in dem Nachlaß befindlich gewesen ist.

Fähndrich. Ich?

Walch. (winkt dem Licentiaten sich zu nähern)

Winkler. Und doch befand sich eins in dem Lambertschen Schreibpulte — dessen haben sie sich aus niedrigem Eigennuß bemächtiget —

Fähn-

Die Erbschaft.

Fähnbrich. Wer kann so frech seyn, das zu behaupten?

Dunst. (näher tretend) Ich!

Fähnbrich. Was? (erschrocken) sie ——

Dunst. Ich muß — Herr Fähnbrich!

Fähnbrich. Verdammter Verräther!

Walch. Halt! keine Gewalt!

Fähnbrich. Gut, gut! Es sey! weil es doch einmal verrathen ist, — ja! Lambert hat ein Testament hinterlassen; meine Frau ist darinn als Universalerbin eingesetzt ——

Winkler. So? ja — wenn das ist ——!

Fähnbrich (muthfassend) Also Herr! bleibt meine Frau im Besitz der Erbschaft —!

Walch. Und das von Rechtswegen. Ein neues Testament hebt das ältere auf —

Winkler. In dem Fall wird gegenwärtiges Testament für null und nichtig erklärt!

Fähnrich. (trotzig) Man sollte vorsichtiger handeln, ehe man so gerade zu verführe.

Winkler. Allerdings! Es war Uebereilung! itzt haben sie nur die Güte, uns das neue Testament vorzuzeigen — —

Fähndrich. Vorzeigen?

Winkler. Es ist nothwendig uns durch den Augenschein zu überführen.

Fähndrich. Wozu? Die Zeugen werden meine Aussage bekräftigen — —

Winkler. Das Daseyn des Testaments allerdings! Aber — wie mit dem Inhalt — ? Auch ihr Bedienter kann Universalerbe seyn. Wir müssen das Testament sehen. Haben sie nur die Güte — —

Fähndrich. Das kann ich nicht!

Winkler. Warum?

Fähndrich. Warum? Weil — nachdem die Gerichte, meiner Frau den Anlaß als nächste Erbin

Die Erbschaft.

Erbin überantwortet hatten, so hielt ich den Wisch für unnöthig und hab' ihn verbrannt.

Walch. So thut es mir leid, Herr Fähndrich, daß ich ihre Forderung für ungültig erklären muß. Nicht das Zeugniß dieser Leute, sondern das Testament selbst kann ohne ihre Frau zur Erbschaft berechtigen.

Fähndrich. O das will ich doch sehen.

Walch. Der Erblasser konnte das Testament vor Zeugen allerdings niederschreiben und auch von den sieben Zeugen unterschreiben lassen; allein er konnt es auch vor seinem Ende wieder vernichten; folglich gilt das Zeugniß der Zeugen ohne Testament nichts. Wollten sie aber dem ohngeachtet auf ihrer vermeinten Forderung bestehen, so werden sie so billig seyn, sich auch zugleich als einen schändlichen Betrüger vor dem Gerichte anzuklagen, um die verdiente Strafe dafür zu empfangen; die Vestung wird dann noch eine Gnade für sie seyn!

Mad. Schmidt. Die Vestung?

Walch.

Walch. Erklären sie sich!

Fähndrich. Verfluchter Geiz! verdammter Dunst!

Winkler. Nun!

Fähndrich. Betrogen — verrathen — zu Grunde gerichtet —!

Kanzleyrath. Mein Bruder! beruhige dich! alles kömmt darauf an, dein Unrecht zu erkennen und du bist nichts weniger, als zu Grunde gerichtet.

Fähndrich. Die ganze Erbschaft verloren — die ich schon in Händen hatte — und alles durch meine Schuld!

Kanzleyrath. Die gerechte Strafe für deinen übertriebnen Geiz, für die grausame Härte, welche du gegen meinen Vater bewiesen — —

Schmidt. Nein, mein Sohn! ich muß ihm Gerechtigkeit wiederfahren lassen — er hat meine

meine Schulden bezahlt, meine Loßlaffung bewürkt — —

Kanzleyrath. Mein Vater — —

Winkler. Sie irren Freund, und beschämen den Unglücklichen noch mehr! Nicht er ist ihr Befreyer — sondern hier — dieser ihr würdiger Sohn — seine vortrefliche Gattin sind es.—

Schmidt. Wie?

Kanzleyrath. O mein Vater! —

(Sophie ihm die Hand küssend)

Schmidt. Sohn! Tochter! — Ihr — ihr seyd es — aber woher? — Unbegreiflich!

Winkler. Die Gefahr, in der sie sich befanden, setzte beyde für Schmerz ausser sich. Sie verkauften sogleich ihre Uhren, Ringe, und das ihnen zugehörige Gartenhaus — fast alles um die Hälfte, um nur so gleich baares Geld zu erhalten; nahmen noch hier und dort eine Beysteuer zu Hülfe, den Rest brachte auf Anhalten ihres Sohnes jene ehrwürdige Gesellschaft,

wo-

wovon sie, und er Mitglieder sind, zusammen — und so eilte er, ihre Befreyung noch zu rechter Zeit zu bewürken.

Schmidt. Sohn! Tochter! Edle — erhabne Seelen —! In meine Arme! nehmt statt alles Danks diese Thränen, welche aus Freude und Zärtlichkeit überfliessen.

Kanzleyrath. Mein Vater! was ich that, war kindliche Pflicht. — Hier — meiner theuren Sophie — diesem rechtschaffenen Manne — (auf Winkler zeigend) und — den wohlthätigen Mitgliedern unsers erhabnen Ordens sind sie Verbindlichkeit schuldig — —

Mad. Schmidt. Ists möglich? Karl! du — du bist der Retter meines Mannes? und auch die Freymaurer haben dazu beygetragen? Verzeih mein Sohn, daß ich dich bisher so ungerecht behandelte, daß ich deine guten Freunde, unsre Wohlthäter so geschimpft habe. — Verzeihe sie Frau Tochter! Hier dieser undankbare gefühllose Bösewicht durch seine Verläumdungen gegen euch aufgehetzt — —

Kanz-

Die Erbschaft.

Kanzleyrath. Frau Mutter! der Unglückliche ist der Verzweiflung nahe — statt ihn noch tiefer zu beugen, wollen wir ihm lieber unsere freundschaftliche Hand reichen. Bruder! vergiß alle kränkende Erinnerung! Du hast durch Geiz dein Glück verscherzt; lerne nunmehr den Werth des Wohlthuns und der Menschlichkeit empfinden — Ich will nicht deinen Untergang! aufrichtige Reue — Besserung — und du kannst von meiner Freundschaft alles erwarten.

Fähndrich. Ganz gut! Aber ein so großes Vermögen, eine so wichtige Erbschaft zu verlieren!

Kanzleyrath. Vielleicht kann ich dir einen Theil derselben durch Fürspruch erhalten.

Fähndrich. Ach! wenn du das könntest!

Kanzleyrath. Was meinst du — wenn dir und deiner Frau sechstausend Thaler ausgezahlt würden? —

Fähnbrich. Sechstausend Thaler? — Wären des Jahrs zu zwölf Procent — siebenhundert und zwanzig — — Je nu!

Kanzleyrath. Ich hoffe, meine Sophie wird diese Schenkung genehmigen.

Sophie. Du kömmst mir nur zuvor, Karl! Ich hätte dich daran erinnert.

Kanzleyrath. Um dich völlig zu beruhigen, Bruder — wollen wir lieber die runde Summe voll machen —!

Fähnbrich. Zehntausend Thaler? Ists möglich? Nach allem Unrecht, so ich euch erwiesen — Bruder! Frau Schwester — mir fehlen die Worte —

Kanzleyrath. Keine Worte —! Empfindungen, Bruder! O die sind mir theuer! Welch Glück, welch ein Triumph — ein so kaltes Herz zum Gefühl der Menschlichkeit empor gestimmt zu haben.

Schmidt.

Schmidt. So recht meine Kinder! (zum Fähndrich) Komm mein Sohn! alles sey verziehen, so bald du nur den ernstlichen Vorsatz hast dich zu bessern. Komm Karl — kommen sie Sophie! in meine Arme — vollendet mein Glück — besiegelt eure Aussöhnung — Kinder! empfangt meinen Segen —!

(Alle eilen in die Arme ihres Vaters)

Schmidt. O meine Kinder! (er neigt sich über sie)

Dunst. (leise) Herr Winkler —

Winkler. Sie bekommen die versprochne Summe —! Aber dann rathe ich ihnen, diese Schwelle nie wieder zu betreten, wenn ihnen Arme und Beine noch einiger maßen schätzbar sind; geh'n sie, und erbittern sie nicht durch ihre Gegenwart die Freude in der Familie —

Dunst. Ich unterwerfe mich ihren Befehlen. (schleicht ab)

Schmidt. O Gott! so viel Glück an einem Tage, der mir den unvermeidlichen Untergang drohte — konnt ich das erwarten?

Mad.

Mad. Schmidt. Aber Kinder! Ihr schließt mich ja ganz aus — Freylich hab ich nichts bessers verdient! meine Eitelkeit — Lieblosigkeit — Unbesonnenheit —

Kanzleyrath. Nicht weiter Frau Mutter! Dieser Anlaß — ihr volles Herz — vergrößert jene Fehler, die viel andre Mütter in der nämlichen Lage begangen hätten. Wir wollen itzt blos an unser Glück — an unsre Wiedervereinigung denken. Der heutige Tag sey in unsrer Familie stets ein festlicher Tag, ein Tag der Freude! Er schenkte mir einen Bruder, ihnen einen Sohn, der Familie einen Vater wieder!